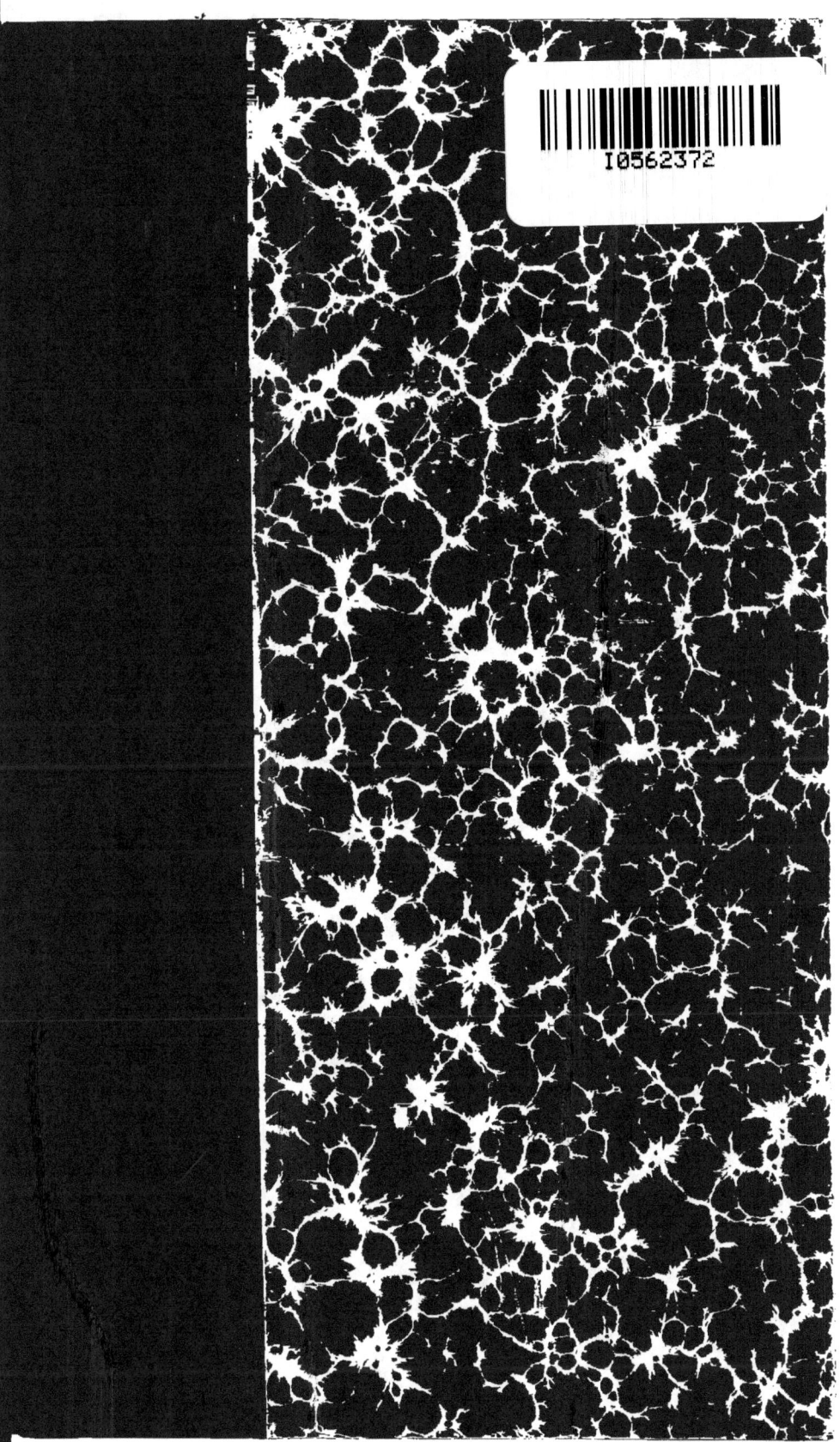

I0562372

RÊVERIES

POÉTIQUES.

POÉSIES NOUVELLES,

PAR

THÉODORE TUFFIER.

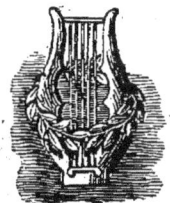

PARIS,

Charpentier, Libraire,   Ledoyen, Libraire,
Galerie d'Orléans, 7.   Galerie d'Orléans, 31.

1841

RÊVERIES

POÉTIQUES.

POÉSIES NOUVELLES.

MONTAUBAN.
Imp. de Forestié Oncle et Neveu,
Place Royale.

Rêveries

POÉTIQUES.

POÉSIES NOUVELLES,

PAR

THÉODORE TUFFIER.

Paris.

CHARPENTIER, LIBRAIRE,   LEDOYEN, LIBRAIRE,
Galerie d'Orléans. 7.   Galerie d'Orléans. 31.

M D CCC XLI.

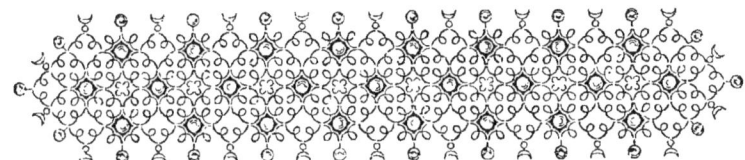

A MON PÈRE,

MON PREMIER BIENFAITEUR.

A la mémoire de la meilleure et de la plus tendre des mères.

O toi, ombre chère et sainte, accepte cet hommage que ton fils t'offre aujourd'hui; c'est toi qui as dirigé ses premiers pas, c'est toi qui as formé son esprit et son cœur; c'est à toi qu'il doit les bienfaits de l'éducation : et si cet Ouvrage avait quelque mérite, ce mérite devrait t'être attribué tout entier.

O ma Mère, la plus douce de mes jouissances serait de

pouvoir t'offrir à toi-même ce faible hommage ; et si le
Public accueillait favorablement ce premier essai, tout
imparfait qu'il est, c'est sur ta tombe que je viendrais
déposer ma couronne.

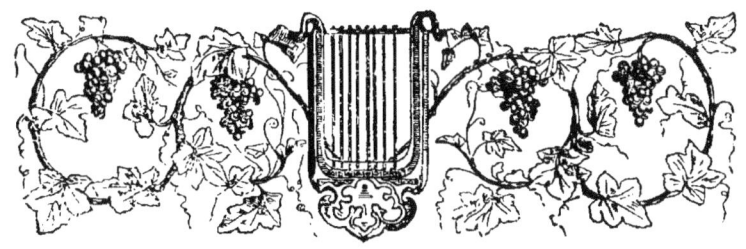

PRÉFACE.

E N lisant le titre que j'ai donné à cet ouvrage, RÊVERIES POÉTIQUES, tout le monde comprendra la teinte qui domine dans ce Recueil et le genre d'idées qui l'ont inspiré. On raconte qu'André Chénier aimait à aller rêver sur les bords de l'Aude, dont plus tard le souvenir le charmait sans cesse : je ne suis pas André Chénier, mais, comme lui, j'ai éprouvé de bonne heure ce penchant à la rêverie qui, en nous portant à nous éloigner des hommes, nous attire au sein de la nature et nous berce dans des émotions si ineffables et si pures, qu'elles ressemblent presque au bonheur.

J'étais bien jeune encore, que l'une de mes plus douces jouissances était d'aller rêver dans un des endroits les plus solitaires qu'il soit possible d'imaginer. Comme cette solitude se trouvait au-delà de la rivière qui arrose le petit vallon où je suis né, il m'est souvent arrivé d'aller détacher la barque qui devait me transporter sur la rive opposée ; je la guidais vers l'autre bord ; et quand j'avais ainsi mis comme une barrière entre le monde et moi, j'allais passer des heures entières dans ma retraite bien-aimée, qui n'avait pourtant de remarquable qu'un grand aspect de tristesse et de mélancolie, joint à une solitude profonde.

Combien de fois aussi je suis allé chercher

au fond des bois ce charme mystérieux des forêts que Châteaubriand a si bien décrit, et que toutes les ames sensibles ont sans doute éprouvé.

Dans les grands jours d'été, quand le soleil, près de se coucher, lançait ses pâles rayons dans l'intervalle des arbres, éclairant ainsi d'une demi-teinte l'obscurité des bois; quand les oiseaux, dispersés çà et là, saluaient par leurs chants l'heure du soir, je m'en allais m'é-garant au hasard dans la profondeur de la forêt: bientôt l'esprit de la solitude me pénétrait tout entier; et alors je ne pensais pas, je ne réflé-chissais pas, mais un sentiment ineffable rem-plissait mon ame, et je ne tardais pas à tomber dans des rêveries vagues, mais d'un charme infini, auxquelles tous les plaisirs du monde ne sauraient être comparés. Le moindre inci-dent qui survenait, un vieux rocher couvert de mousse qui s'élevait au milieu du bois, l'églan-tine qui s'épanouissait solitaire dans quelque coin écarté, la colombe qui prenait son vol des bords d'une claire fontaine où elle était venue se désaltérer, les gémissements du ramier, le murmure d'un ruisseau, tout cela suffisait pour entretenir et augmenter encore ce charme de ravissement dont j'étais pénétré. Dans ces moments délicieux, quand j'étais ainsi seul avec la nature et son auteur, en moi et autour de moi tout semblait s'embellir : l'air était plus parfumé, mes pensées d'amour étaient plus suaves et plus douces, mes regrets eux-mêmes étaient moins déchirants et moins amers, et ils prenaient alors un caractère de tristesse qui tournait bientôt à la mélancolie.

C'est ainsi que se sont passées les heures les plus douces de ma jeunesse et les jours les plus purs de ma vie.

Dans les premiers temps, j'aimais à me rappeler, dans ces promenades solitaires, les morceaux que je savais par cœur et qui me plaisaient le plus, de Gilbert, de Millevoie, d'André Chénier, et de notre incomparable Lamartine ; plus tard, je commençais à m'entretenir de mes propres idées : je me créais des situations attachantes, que je traitais à ma manière, et il m'est souvent arrivé de m'attendrir jusqu'aux larmes sur ces infortunes imaginaires qne je venais de créer. Mais ces larmes même avaient pour moi un grand charme : elles endormaient mes véritables douleurs, elles me plongeaient dans une tristesse enivrante, qui me faisait rêver encore et qui remplissait mon ame d'une sentiment délicieux.

On concevra facilement après cela que ce premier essai, que je livre aujourd'hui au public, porte le titre de RÊVERIES. C'est là, en effet, l'expression de ma pensée solitaire, l'écho de ces voix mystérieuses que j'ai entendues dans la solitude, la vibration d'une ame qui s'est souvent inspirée des scènes de la nature, où elle a goûté ses plus douces jouissances.

Toutes les pièces qui composent ce recueil

ne sont pas cependant dans le genre que je viens d'énoncer : il en est qui ne m'ont été inspirées que par mon imagination , d'autres par les évènements les plus remarquables qui se sont accomplis de nos jours. Le poète ne doit pas obéir seulement à ses propres émotions : il se doit encore aux circonstances qui l'environnent; et lorsque quelque évènement se présente digne d'être célébré, c'est à lui de le consacrer dans ses vers.

Assez d'autres représentent la France comme abjecte et avilie : pourquoi ne s'élèverait-il pas quelque voix pour la réhabiliter dans sa grandeur morale, pour célébrer les hauts faits qui l'honorent, et faire voir qu'elle est toujours cette même France dont le réveil était naguère si terrible, et qui, dans ses jours de calme et de sérénité, reflète encore avec tant d'éclat ces rayons de gloire et de splendeur que projète sur elle son histoire contemporaine?

Je viens de désigner Napoléon; c'est en

effet une des personnifications les plus glorieuses et les plus gigantesques qui se rencontrent
dans l'histoire des peuples. Le héros qui régna
sur la France commit sans doute des fautes;
mais ces fautes n'ont-elles pas été expiécs
par six années de souffrance et d'exil? Entre
ces fautes et la postérité qui doit le juger,
s'élève l'autel du sacrifice; entre la phase
brillante de son règne et l'avenir, se dresse
le Golgotha douloureux de Sainte-Hélène;
et les peuples qui, remontant le cours des
temps, voudront plus tard contempler sa
gloire, ne pourront l'envisager qu'à travers un
crêpe de deuil.

La mort et le tombeau ont absorbé tout ce
qu'il y avait en lui de mortel et de corruptible:
ne soyons pas plus implacables que le tombeau
et que la mort; tout est fini désormais avec les
dissensions de parti. Pour être justes, consa-
crons ce grand nom qui fera long-temps la
gloire de la France; et, en recueillant cet im-

mense héritage de victoires et de triomphes qu'il nous a légué, accordons quelques larmes à cette grande infortune.

Le Recueil que je publie aujourd'hui est, sans doute, loin d'être sans défauts ; mais j'ai la confiance que les critiques éclairés voudront bien m'aider à les corriger.

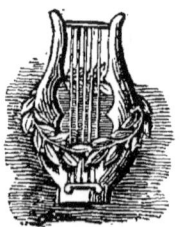

LIVRE PREMIER.

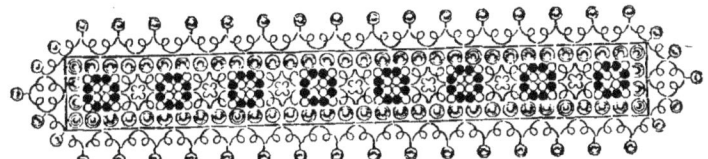

LA POITRINAIRE.

ÉLÉGIE.

A M. CHARLES NODIER.

Déja l'automne jaunissante
Au loin attristait les forêts,
Et Lucy, pâle et languissante,
Disait sa plainte et ses regrets.

« Je ne dois plus voir votre ombrage,
Riants bosquets de ce côteau :
Quand reviendra votre feuillage
Il fleurira sur mon tombeau.

« Ah! je le sens, plus d'espérance...
Je vois mon printemps se flétrir;
Encor quelques jours de souffrance,
Et puis... il me faudra mourir!

« Tombez, tombez, feuilles d'automne;
Comme vous tombent mes beaux jours,
Et les roses de ma couronne
S'effeuillent, s'effeuillent toujours.

« Cependant la vie est si belle
Pour deux cœurs heureux de s'unir!
Il me jurait d'être fidèle,
Il m'aimait... et je vais mourir!..

« Ma mère ! — hélas ! sur ma détresse
Toujours elle verse des pleurs,
Et les marques de ma tendresse
Ne font qu'accroître ses douleurs.

« Mon Dieu, je suis si jeune encore,
Devant moi s'ouvre l'avenir ;
Quand brille à peine mon aurore,
Ah ! ne me laissez pas mourir !... »

Et les pâles feuilles d'automne
Marquaient le déclin de ses jours,
Et les roses de sa couronne
S'effeuillaient, s'effeuillaient toujours.

— Déjà l'automne était passée,
Laissant partout tristesse et deuil ;
Et dans le fond de la vallée
On voyait un nouveau cercueil.

Le soir, quand tombaient les ténèbres,
Quelqu'un vit, au pied d'un côteau,
Un jeune homme, en habits funèbres,
Versant des pleurs sur un tombeau...

LE SOIR

ET

L'ANGELUS QUI SONNE.

❧

DÉJA vers l'occident l'astre du jour s'incline ;
Le soleil, par degrés, s'éloigne du vallon,
Et son pâle reflet, qui dore la colline,
Semble sourire encore en quittant l'horizon.

Que j'aime ce couchant qu'un doux reflet colore
Lorsque l'ombre qui vient chasse le jour qui fuit !
De ses feux expirants l'occident se décore,
Et bientôt ses clartés s'éteignent dans la nuit.

Déjà tombent partout les bruits et le murmure,
Vesper a fait briller son rayon précurseur;
Au loin la nuit s'étend, et tout dans la nature
Se recueille et s'endort sous l'aile du Seigneur.

Dans les airs cependant l'airain mélancolique
Aux bruits mourants du jour mêle sa sainte voix,
Et dans l'ombre du soir la cloche monastique
Comme un son qui gémit a retenti trois fois.

C'est un appel à Dieu, c'est un cri de détresse,
C'est un soupir d'amour élancé vers les cieux;
Et quand la nuit sur nous descend, descend sans cesse,
C'est le jour qui se meurt et nous fait ses adieux.

Comme l'airain pieux éveillons-nous, mon ame,
Élevons vers le ciel nos accents et nos vœux;
Que nos soupirs vers Dieu, qu'ici-bas tout proclame,
Montent comme un encens pur et délicieux.

Mon Dieu, veillez sur nous pendant que la nuit sombre
Étend sur l'univers ses voiles ténébreux ;
Que votre œil tout puissant, Seigneur, veillant dans l'ombre,
Protège le repos du mortel vertueux.

Veillez, veillez surtout sur l'orphelin qui pleure,
Accordez-lui, ce soir, le pain qui le nourrit ;
Que la pitié descende en toute humble demeure
Où souffre l'indigence, où le pauvre gémit.

Versez le doux sommeil sur celui qui l'implore ;
Que l'ame qui souffrait suspende sa douleur ;
Et que, jusqu'au retour de la prochaine aurore,
Le malheureux retrouve un instant de bonheur.

Mon Dieu, veillez sur tous ; que tout ce qui respire
Sous votre aile, Seigneur, goûte un profond repos ;
Et de tout cœur brisé, qui prie et qui soupire,
Par vos soins paternels adoucissez les maux.

Pour louer votre nom que toute la nature
Élève dans la nuit ses chants mystérieux ;
Que l'oiseau qui gémit, que l'onde qui murmure,
Unissent dans les bois leurs chœurs harmonieux.

— Mais déjà l'ombre immense au loin couvre la terre,
Mille astres ont brillé dans la voûte des cieux ;
Et la nuit, noir géant, commençant sa carrière,
Règne silencieuse en l'éther spacieux.

AU BORD DE LA MER.

LA PAUVRE LISE.

A M. CASIMIR DELAVIGNE.

Sur la plage déserte où la mer mugissante
Vient briser en grondant son onde gémissante,
S'élève un vieux rocher qui domine les flots :
Du haut de ce sommet les fils des matelots,
Ou quelquefois encore une épouse éplorée,

Viennent pour contempler sur la mer azurée,
Si de quelque vaisseau qu'égara le destin
La voile blanchissante apparaît au lointain.
Souvent ce roc, témoin de mortelles alarmes,
Quand mugit la tempête est arrosé de larmes ;
Et quand le calme au loin domine sur les flots,
Et qu'un soleil brillant resplendit sur les eaux,
Parfois quelque ame triste et de douleur flétrie,
Vient promener autour sa lente rêverie,
Et mêler ses soupirs aux sons des flots bruyants.

Du haut de ce rocher fixant ses yeux errants,
Lise avait vu se perdre en la brume profonde
Un vaisseau qui cinglait vers l'autre bout du monde.
Ce vaisseau, dont ses yeux suivaient au loin le cours,
Emportait Ludovic, son espoir, ses amours ;
Ludovic ! cet objet si cher à sa tendresse,
Et que de ses regrets elle appelait sans cesse.
Aussi, près de partir, le cœur plein de douleurs,
Quand Ludovic ému laissa couler des pleurs ;
Lorsque, près de quitter le tendre objet qu'il aime,

Son accent se trahit disant l'adieu suprême,

La pauvre Lise en pleurs, le cœur plein de sanglots,

De ses cris douloureux attendrit les échos ;

Long-temps son œil suivit sur la mer écumante,

A l'horizon brumeux la voile décroissante ;

Et quand dans le lointain le vaisseau s'égara,

Lise sur le rocher et s'assit et pleura :

Elle pleura long-temps ; et quand la nuit plus sombre

Sur les flots rembrunis vint étendre son ombre,

Elle revint pensive au foyer paternel.

Mais toujours dans son cœur un souvenir cruel

Des périls de la mer nourrissait les alarmes.

Souvent ses yeux rêveurs se remplissaient de larmes ;

Si le vent s'élevait et venait à mugir,

Dans son trouble secret on la voyait pâlir ;

Et quand les flots émus, la mer pleine d'orages,

De leurs mugissements ébranlaient les rivages,

Tremblante elle accourait pour voir si vers le port

Quelque vaisseau battu cinglait avec effort.

Ainsi dans sa douleur la jeune infortunée

Et gémit et pleura pendant toute une année ;

Mais lorsque le printemps recommençant son cours,

De l'objet tant aimé lui promit le retour,

Alors on la voyait errante sur la plage ;

Et du haut des rochers qui bordaient le rivage,

Considérant toujours si, vu dans le lointain,

Le vaisseau désiré reparaissait enfin,

Souvent elle accourait au lever de l'aurore,

Et quand tombait le soir elle venait encore :

Rien n'arrivait... — Un jour partout dans les hameaux

Le bruit se répandit qu'égaré sur les eaux

Le vaisseau qui partit des bords de l'Armorique,

Battu par la tempête au sein de l'Atlantique,

Avait péri sur mer : passagers, matelots,

Tout avait disparu dans l'abîme des flots...

A ce triste récit qui glace d'épouvante,

Lise pleine d'effroi, morne, pâle, tremblante,

Et comprenant enfin sa perte et son malheur,

Sentit un froid mortel pénétrer dans son cœur.

Pendant neuf jours entiers, dans sa pauvre chaumière,

Appelant Ludovic, maudissant la lumière,

Elle pleura... L'espoir, le bonheur et l'amour,

Tout avec Ludovic avait fui sans retour.

Hélas ! bientôt après on vit sur le rivage
Une fille au teint pâle, au douloureux visage ;
Son regard où brillait une douce langueur
De son ame abattue annonçait la douleur ;
Des habits en lambeaux composaient sa parure.
A la brise des mers livrant sa chevelure,
Le long des flots bruyants s'égarant chaque soir,
Au sommet du rocher elle venait s'asseoir ;
Et là, quand le soleil, terminant sa carrière,
Faisait briller la mer sous sa pâle lumière,
Elle, toujours pensive, assise au bord des eaux,
Nourrissait ses regrets, au triste bruit des flots.
Quelquefois l'espérance, au loin dans l'étendue,
Vers l'horizon brumeux faisait errer sa vue ;
Mais lorsque un souvenir réveillait ses douleurs,
Son front dans ses deux mains elle versait des pleurs.

Ainsi, pendant un mois la jeune infortunée

Aux larmes, aux regrets désormais condamnée,
Se consumant d'ennuis, de pleurs et de sanglots,
Vint mêler ses soupirs au murmure des flots.

Mais un jour, vers le soir, dans l'humble cimetière,
On creusa, près des morts, une couche dernière ;
La cloche du village annonçait un trépas :
Et sur le grand rocher Lise ne revint pas....

LE GÉNIE DU DÉSERT

APPARAIT A NAPOLÉON DANS LES PLAINES DE LA RUSSIE.

A M. VICTOR HUGO.

Qu'il était beau de voir ces guerriers indomptés,
Quand vers les champs du Nord par leurs chefs entraînés,
    Ils repartaient aux cris de la Victoire;
Et, reprenant l'essor vers de nouveaux combats,
Ils allaient conquérir, par d'immortels trépas,
    D'immortelles moissons de gloire!

3

Leurs nombreux bataillons couvraient la plaine immense,
Et l'œil, en s'égarant dans la vaste distance,
N'apercevait partout qu'étendards déployés,
Que panaches flottants, que brillantes armures,
Que guerriers à l'œil fier, dont les mâles figures
Conservaient leurs exploits par le fer retracés.

Ici les braves d'Italie,
Toujours grands au sein du danger,
Montraient leur moustache brunie
Par l'ardeur d'un ciel étranger ;
Plus loin, les guerriers intrépides
Qui vainquirent aux Pyramides,
Qui vainquirent sur le Thabor,
Étonnaient par leur noble audace,
Et, prêts à dévorer l'espace,
Semblaient invincibles encor.

Du fond de l'antique Ibérie
De nombreux guerriers accourus
Près des vainqueurs de Germanie
Tenaient leurs drapeaux suspendus ;

Déjà, pleins d'un mâle courage,
Les conscrits, héros au jeune âge,
Sentaient en eux le feu vainqueur;
Couvrant le centre des armées,
Ces bandes, à peine formées,
Palpitaient d'une noble ardeur.

Comme l'enthousiasme et l'amour de la gloire
De nos braves alors faisaient bondir le cœur!
Officiers et soldats, rêvant à la victoire,
            Étaient tous ivres de bonheur!

            Parfois les fanfares bruyantes
            Éclataient en brillants concerts;
            Au gré des brises frémissantes
            Les drapeaux flottaient dans les airs;
            Des coursiers la bouillante audace
            Du pied frappait l'étroit espace
            Qui retenait leur noble essor;
            Et les fiers enfants de Bellone,
            L'arme au bras, rangés en colonne,
            N'attendaient que le son du cor...

Mais un homme manquait à cette foule immense,
Un homme dont le nom jeté dans la balance
Valait plus, à lui seul, que cent mille soldats !
Celui qui les mena si souvent à la gloire,
Celui dont le génie enchaînait la victoire,
Et la forçait sanglante à marcher sur ses pas...

L'armée attendait là dans un profond silence,
Quand tout-à-coup un char qui court, roule et s'avance,
Au sein des légions passe en triomphateur...
Aussitôt du canon les sons au loin grondèrent,
Mille bruyants transports dans les airs éclatèrent...
    C'était lui ! c'était l'empereur ! ! !

    Ailes au vent, déjà son aigle crie
    (Son œil ardent est tourné vers le nord) :
    « Gloire immortelle ! honneur sacré ! patrie ! »
    Et dans les airs soudain il prend l'essor !

    De nos clairons les accords retentissent,
    Des cavaliers les fiers coursiers hennissent,
    Mille tambours au même instant frémissent :

C'est le signal ! le signal du départ !
Les bataillons s'ébranlent, se confondent,
Les chants guerriers aux chants guerriers répondent,
D'un beau soleil les rayons les inondent !
Voyez au loin flotter leur étendard...

Ah ! parmi nous restez jusqu'à l'aurore,
Que ces vœux soient de vos cœurs entendus,
Ce jour du moins nous vous verrions encore ;
Peut-être hélas ! nous ne vous verrons plus...

Ils sont partis... — Leurs colonnes brillantes
Bientôt dans l'Allemagne entrent de toutes parts ;
Désertant leurs vastes remparts,
Les peuples accouraient; et leurs masses bruyantes,
Au milieu des transports et de joie et d'amour,
De leurs anciens vainqueurs accueillaient le retour.
Partout du nom français on célébrait la gloire ;
Et sous nos vieux drapeaux, gage de la victoire,
Des milliers de soldats s'empressaient d'accourir ;
De nouveaux bataillons partout venaient s'unir
A ces guerriers fameux toujours forts et terribles,

Que l'Europe, en tremblant, contemplait invincibles !
Et notre grande armée, au sein des nations
Poursuivant à grands pas sa marche triomphante,
Voyait toujours grossir ses fières légions,
Et vers l'astre du nord s'avançait grandissante !

      Ainsi le fleuve impétueux
Dont la source bouillonne aux pieds des monts sauvages,
Poursuit en grossissant son cours majestueux,
Et toujours plus profond élargit ses rivages.

    Déjà le sol de la vieille Russie
    A retenti sous les pas des coursiers ;
    Déjà l'écho de la terre ennemie
    A retenti de nos hymnes guerriers.
    Drapeaux au vent, nos phalanges s'avancent :
    Partout l'horreur et l'effroi les dévancent,
    Le peuple fuit sur un sol dévasté ;
    La lance en main, le cosaque timide
    De nos soldats voit le front intrépide,
    Et dans ses bois s'enfuit épouvanté.
Pendant cinq jours entiers notre innombrable armée
Sur les champs de Russie au loin s'est déployée...

Mais un soir, au moment où le soleil couchant
Près de finir son cours, s'incline à l'Occident,
Un prodige nouveau, terrible, épouvantable
Soudain troubla les airs de sa voix redoutable.

Napoléon marchait avant ses légions,
Après lui s'avançaient ses nombreux bataillons,
Et le héros, suivi d'une très-faible escorte,
Précédait, presque seul, sa vaillante cohorte,
Quand tout-à-coup il voit s'élever dans les airs
Du Génie effrayant qui règne en ces déserts
Le palais gigantesque, immense et formidable,
Que des rocs entassés rendent inébranlable...

C'est là que du désert le puissant souverain
Règne, et change à son gré le mobile destin.
Il a vu dans ces lieux la naissance des âges ;
Quand il veut il soulève ou calme les orages,
Et sa voix redoutable, en ces climats déserts,
D'un mot trouble les cieux, d'un mot calme les airs.
Tout ici reconnaît sa terrible puissance,

Et malheur à celui qu'atteindrait sa vengeance !...

Aux pas précipités des peuples éperdus,
Aux cris de nos soldats en tous lieux répandus,
A tous ces bruits confus qu'une innombrable armée
Exhale comme font cent voix de renommée,
Le Génie apparaît sur ce sombre palais
Où le pied d'un mortel ne pénétra jamais.
Son front majestueux se perd dans les nuages,
Autour de lui l'on voit gronder les noirs orages,
Et de son vaste corps l'étonnante grandeur
Semble des monts altiers défier la hauteur !
Il s'élève, il domine au loin sur l'étendue,
Sur les champs désolés il laisse errer sa vue;
Et de quelque côté qu'il tourne ses regards
Il voit son peuple en fuite, errant de toutes parts :
Il voit de bataillons un nombre formidable,
Il voit toute une armée et forte et redoutable;
Il entend dans les airs le clairon retentir,
Dans la plaine il entend le noir canon mugir...
A ce tumulte affreux de clameurs et d'alarmes,
A tous ces bruits confus des charriots et des armes,

Le Génie, indigné qu'on trouble son repos,
Agite avec fureur sa tête menaçante,
    Sa voix forte et puissante
Dans les airs ébranlés fait retentir ces mots :

« Qu'entends-je ici, d'où viennent ces alarmes ?
Quel bruit nouveau retentit dans les airs?
Le chant guerrier se mêle au bruit des armes :
Quoi! l'étranger envahit mes déserts!..

« Fiers aquilons, enfants de ces contrées,
Déchaînez-vous sur ces tristes climats;
Soufflez au loin sur ces terres glacées,
Semez partout la neige et les frimas!..

« Fier conquérant qui guides ces phalanges,
Quel fol espoir te conduit en ce lieu?
Espères-tu, dans tes pensers étranges,
De conquérir le sol sacré d'un Dieu?

« Dans ma retraite, et paisible, et profonde,
Je régnais seul, oubliant l'univers;
Je te laissais tout l'empire du monde :
Ne pouvais-tu me laisser mes déserts?

« Tu m'as bravé; mais tremble, téméraire!
De mon courroux crains la juste rigueur;
Tu vas sentir l'effet de ma colère...
Et tu verras ce que peut ma fureur!..

« Fiers aquilons, enfants de ces contrées,
Déchaînez-vous sur ces tristes climats :
Soufflez au loin sur ces terres glacées,
Semez partout la neige et les frimas!

« Que tes Français, ces héros indomptables,
Laissent ici tout espoir de retour.
Tout a cédé sous leurs bras redoutables;
Mais mes frimas les vaincront à leur tour.

« Tes vieux guerriers, ces géants des batailles,
Sous mes rigueurs tomberont expirants ;
Ils subiront d'obscures funérailles ;
L'aigle des monts déchirera leurs flancs.

« Quand le clairon, au retour de l'aurore,
De ses accords frappera les échos,
Froids, sous la neige ils dormiront encore ;
Ils dormiront — de l'éternel repos !..

« Fiers aquilons, enfants de ces contrées,
Déchaînez-vous sur ces tristes climats ;
Soufflez au loin sur ces terres glacées,
Semez partout la neige et les frimas !

« Vois ce désert, et vaste, et solitaire,
Qui se déroule en immense tableau ;
De tes soldats c'est le champ funéraire :
Bientôt ces lieux deviendront leur tombeau...

« Ta grande armée, et si fière, et si belle,
Dans son désastre effraîra les regards ;
Cherchant partout cette armée immortelle,
On ne verra que des membres épars...

« Chef trop hardi, ma fureur t'environne :
Tremble ! la mort est partout sous tes pas :
Tremble ! mon souffle ébranlera ton trône,
Et tes canons ne m'arrêteront pas!...

« Fiers aquilons, enfants de ces contrées,
Déchaînez-vous sur ces tristes climats ;
Soufflez au loin sur ces terres glacées,
Semez partout la neige et les frimas!.. »

Il avait dit ; et sa voix mugissante
Retentissait sur l'immense désert...
Vers l'occident, d'une rougeur sanglante

Le ciel déjà se montrait tout couvert ;
Un bruit étrange, au fond des solitudes,
Se prolongeait comme un signal d'effroi ;
Tout annonçait de sinistres préludes :
Le glas des morts sonna sur un beffroi...

Mais le héros, qu'aucun péril ne lasse,
Est sourd au bruit de ces prédictions ;
Il se détourne, il le dédaigne, il passe,
Et d'un œil fier il voit ses bataillons...

Il s'éloigna. — La Victoire sanglante
Sourit un jour au roi de l'univers ;
De son destin l'étoile pâlissante
Par un triomphe annonçait ses revers.
Puis vint Moscow... puis la flamme funeste,
Puis le désert et toutes ses horreurs ;
Puis les frimas ; — et vous savez le reste...
N'éveillons pas l'écho de nos douleurs.

Ils succombaient nos vaillants frères d'armes ;
Et le héros jusqu'alors indompté,

Ne pouvant plus leur donner que des larmes,
Courait toujours, vers la France emporté.
Mais, au galop de son coursier rapide,
Tandis qu'il fuit à travers les déserts,
Sifflant autour de ce chef intrépide,
Toujours ce cri s'entendait dans les airs :

« Fiers aquilons, enfants de ces contrées,
Déchaînez-vous sur ces tristes climats ;
Soufflez au loin sur ces terres glacées,
Semez partout la neige et les frimas!.. »

LA VICTOIRE

ÉVEILLANT LES SOLDATS FRANÇAIS

le matin D'Austerlitz.

LE jour naissant brillait sur les campagnes,
Et nos soldats, de leurs tentes couverts,
Dormaient encor, quand du haut des montagnes
Un cri soudain retentit dans les airs.

C'est la Victoire, à l'armure brillante,
Sur son bouclier frappant ses javelots;
Du haut des monts sa voix retentissante
De nos guerriers vient troubler le repos :

« Soldats français, voici briller l'aurore!
Il luit ce jour à vos destins promis!
Soldats français, quoi! vous dormez encore,
Quand luit déjà le soleil d'Austerlitz!..

« Que faites-vous, fiers lions, sous vos tentes,
Dans les langueurs d'un indigne sommeil?
Debout, guerriers! que vos armes sanglantes
Aux fils du Nord disent votre réveil!

« Entendez-vous le noir vautour qui crie,
Planant déjà sur leurs rangs assoupis?
Nobles enfants d'une noble patrie,
Ce jour est beau... voilà les ennemis!

« En vain les rois, pour racheter leur gloire,
Ont contre vous armé tout leur courroux ;
N'êtes-vous pas les fils de la Victoire,
Et le dieu Mars n'est-il pas parmi vous?..

« Levez-vous donc, comme autrefois terribles,
Levez-vous donc, fiers vainqueurs du Thabor !
Par vos grands coups montrez-vous invincibles,
Et devant vous les rois fuiront encor !

« De leurs soldats tout présage la perte.
Foulez aux pieds leurs cadavres sanglants !
Que de leurs corps la terre soit couverte
Jusqu'au poitrail de vos coursiers fumants !

« Guerre! à cheval !.. dans votre ardeur brûlante,
Devant vos pas dispersez tous leurs rangs !
Avant la nuit sur la plaine écumante
Plantez encor vos drapeaux triomphants !

« Soldats français, voici briller l'aurore !
Il luit ce jour à vos destins promis !
Soldats français, dormirez-vous encore
Quand brille au ciel le soleil d'Austerlitz ?.. »

— Elle avait dit : et soudain vers la nue
Prenant son vol, elle planait aux cieux.
Et ce soir-là sur la vaste étendue
Tous nos drapeaux flottaient victorieux !

UGOLIN

DANS LA TOUR DE LA FAIM.

--◦-◦◇◈◇◦-◦--

(IMITÉ DU DANTE.)

--◦-◦◇◈◇◦-◦--

A M. ALEXANDRE DUMAS.

Depuis long-temps j'errais au ténébreux empire,
Lorsqu'un spectacle affreux, qu'à peine j'ose écrire,
S'offrit à mes regards : dans un étang glacé
Je vis un malheureux qui, dans l'onde enfoncé,

Élevait sur les flots sa tête décharnée ;

Un autre était auprès dont la dent obstinée,

Rongeant avec fureur le crâne renaissant,

Dévorait par lambeaux le cerveau palpitant.

L'os du crâne craquait sous la dent qui le broie ;

Lui, toujours dévorant, s'acharnait sur sa proie,

Et du cerveau broyé les caillots dégoutants

Retombaient sur sa barbe et s'y fixaient sanglants...

Alors, saisi d'horreur : « Barbare ! m'écriai-je,

Ah, par pitié ! suspends ton festin sacrilège ;

Que fais-tu, malheureux ?.. » — Il s'arrêta ; ses yeux

Se tournèrent vers moi hagards et furieux ;

Puis, essuyant trois fois sa bouche dégoutante

Sur les cheveux épars de la tête sanglante,

Il me dit : — « Dans l'horreur de son affreux tourment

Tu vois de son forfait le juste châtiment.

Hélas ! de ses fureurs ne fus-je pas victime ?..

Tu connais son supplice, apprends aussi son crime.

Son nom est Ruggio ; moi, je suis Ugolin :

Eh ! qui ne connaît pas mon funeste destin ?

Qui n'a frémi d'horreur, dans toute l'Italie,

Au récit du tourment qui termina ma vie ?

Dans un affreux cachot par son ordre enfermé,
De faim et de douleur je me vis consumé.

« Mais écoute en ces lieux la déplorable histoire
Dont Pise épouvantée a gardé la mémoire.

« A travers les barreaux de mon horrible tour
Plusieurs fois j'avais vu recommencer le jour,
Lorsqu'un songe effrayant, dans une nuit funeste,
De mon dernier espoir vint dissiper le reste :
Car dans ce rêve affreux, présage d'avenir,
Je crus voir tous les maux que j'aurais à souffrir.

« Ruggio poursuivait, à travers les campagnes,
Un loup et ses petits fuyant vers les montagnes ;
Bientôt je crus les voir épuisés, haletants,
Atteints et déchirés par ses chiens dévorants;
Et leurs corps étendus sur la terre sanglante
Étalaient les lambeaux de leur chair palpitante...

« Je m'éveillai rempli de terreur et d'effroi ;
J'allai vers mes enfants enfermés avec moi.

Dans un profond sommeil ils reposaient encore,
Et sur leurs jeunes fronts la renaissante aurore
Versait d'un demi-jour les douteuses clartés ;
Mais quelques mots par eux en songe répétés
Semblaient de notre sort présager la misère :
Le plus jeune en dormant murmurait : « O mon père !
« O mon père ! j'ai faim… et rien pour me nourrir !..
« Dans ces lugubres lieux faudra-t-il donc mourir?.. »
Et des pleurs de ses yeux coulaient en abondance.

« O toi, qui que tu sois, si ma longue souffrance
Ne te glace d'effroi, ne fait frémir ton cœur,
Si tu ne t'attendris, entendant ma douleur,
Tu seras bien cruel! Cette scène effrayante
Aujourd'hui même encor me remplit d'épouvante.

« Mes fils étaient levés ; un noir pressentiment
S'agitait dans nos cœurs, et tous, en ce moment,
Inquiets, incertains, attendions en silence
Le pain qui soutenait notre triste existence ;
Nous étions tous debout, pâles, saisis d'horreur,
Et parmi nous régnait une sombre terreur,

Quand soudain du cachot les portes s'ébranlèrent
Et par un double tour les clefs les refermèrent...
Nous attendions encor, lorsqu'au déclin du jour
Nous crûmes qu'on murait les portes de la tour ;
Bientôt le bruit en vient distinct à nos oreilles...
Et d'horribles clameurs, au bruit des flots pareilles,
Du fond de mon cachot montent en même temps :
C'étaient les cris plaintifs de mes tristes enfants :
« Mon père, disaient-ils, ô mon père ! ô mon père !
« Il faudra donc mourir ! » Dans leur douleur amère,
Tous ensemble ils venaient se jeter dans mes bras,
Comme pour y chercher un refuge au trépas.

« Hélas ! leur désespoir redoublait mes alarmes ;
Je les pris dans mes bras, les baignai de mes larmes,
Et long-temps nos soupirs, nos pleurs et nos sanglots
De ces lieux pleins d'horreur troublèrent les échos.

« C'en était fait ! ces murs repoussaient l'espérance...
Nos jours devaient finir dans l'affreuse souffrance ;
Et ces lieux, effrayés d'un supplice nouveau,
N'étaient déjà pour nous qu'un horrible tombeau.

« Trois jours dans la douleur lentement s'écoulèrent,

Dans l'affreux désespoir trois longues nuits passèrent ;

Chaque instant redoublait l'horreur de notre sort,

Chaque jour écoulé nous poussait vers la mort.

Parfois de mes enfants, dans cette triste enceinte,

Les soupirs étouffés murmuraient une plainte ;

Et puis, tout se taisait… Muet, saisi d'horreur,

Long-temps je comprimai mes transports, ma douleur ;

Mais quand leurs traits flétris et leur pâle visage

De mes traits altérés me montrèrent l'image ;

Sur leurs fronts pâlissants quand je vis, un matin,

Le travail de la mort qui dévorait leur sein,

Alors, dans ma fureur et ma rage brûlante

J'étreignis mes bras nus sous ma dent frémissante.

« Mes fils autour de moi précipitent leurs pas,

Et tous, en même temps, me présentant leurs bras :

« Mon père, pour sauver ta vie infortunée,

« Tiens, reprends cette chair que tu nous as donnée ;

« Nous verrons sans douleur se terminer nos jours,

« Si de ta vie au moins nous prolongeons le cours. »

Je me contins… La nuit sur nous descend encore,

A cette longue nuit succède une autre aurore...
Nous restions tous muets, mornes, silencieux.
O terre ! ô sol maudit de ce séjour affreux,
Que ne t'entr'ouvrais-tu ! dans tes profonds abîmes
Que n'ensevelis-tu de trop lentes victimes !

« Du quatrième jour quand brillaient les clartés
Mon Anselme expirant vint tomber à mes pieds :
« Mon père, me dit-il, je me meurs... et personne...»
Il ne peut achever, sa force l'abandonne.
Je pressais dans mes bras mon enfant bien-aimé ;
Hélas ! je n'avais plus qu'un corps inanimé...
Bientôt, dans les ardeurs d'un pénible délire,
En redisant mon nom, mon jeune Edgard expire ;
Et quand le lendemain les premiers feux du jour
Glissèrent en tremblant dans l'ombre de la tour,
De mon troisième enfant je vis le corps livide
Couché le long du mur, là, sur la terre humide...
Il n'était plus ! Un seul, par un pénible effort,
Dans un affreux tourment luttait contre la mort :
J'entendais les sanglots de la lente agonie
Dont le cours abrégeait sa déplorable vie ;

Par degrès de douleur et de faim consumé,
Il pousse un long soupir... et tout fut consommé!..

« J'étais seul... seul vivant dans ces caveaux funèbres,
Exalant ma douleur dans l'horreur des ténèbres,
Me traînant sur les corps de mes tristes enfants,
Les appelant encor de mes cris gémissants.
Pendant deux jours entiers la mort lente et cruelle
M'entraîna par degrès dans la nuit éternelle;
Mais enfin, épuisé de faim et de douleur,
Tombant près de mes fils, sans force et sans couleur,
J'expirai... » — De ses yeux les orbes s'agrandirent,
D'un hurlement affreux les rives retentirent,
Et sa dent, du supplice effroyable instrument,
Retomba sur son crâne, éternel aliment!

HYMNE A LA VIERGE.

--◦-ೞ❀ೞ-◦--

Stella maris, ora pro nobis.

QUAND les fléaux ont sur le monde
Accompli leur cours destructeur,
Et que leur course en maux féconde
A satisfait le Dieu vengeur,
Du ciel la clémence infinie,
Pour rétablir toute harmonie,

Fait luire un signe radieux :
Tel, quand rompant toute barrière
Le déluge eut couvert la terre,
L'arc-en-ciel brilla dans les cieux.

Et vous, ô divine Marie,
Lorsque la triste humanité
Errait de folie en folie
S'égarant dans l'iniquité,
Du ciel consolant météore,
Vous parûtes comme une aurore
Se levant sur le genre humain ;
Et, prenant la forme mortelle,
Un Dieu, la sagesse éternelle,
Vint s'incarner dans votre sein.

Bientôt il brilla sur le monde
Ce soleil de la vérité,
Et déjà sa lueur féconde
Inondait tout de sa clarté.
Les peuples de la terre entière
Se levèrent à sa lumière,

Saluant ce jour glorieux :
Quittant le céleste royaume
Le Verbe incarné, Dieu fait homme,
Venait unir la terre aux cieux !

Qui pourrait chanter les miracles
Dont ce jour fut le précurseur !
Il vint, prédit par les oracles,
Le culte régénérateur :
Oh ! que cette aurore était belle !
Une phase toute nouvelle
Commençait pour l'humanité :
L'homme en l'homme voyait un frère,
L'orphelin trouvait une mère
Que lui donnait la charité.

Dès-lors, ô Vierge tutélaire,
Vous signaliez tous vos bienfaits ;
Vous étiez l'arche salutaire
Qui doit nous sauver à jamais :
Partout viennent à nos oreilles
Les miracles et les merveilles

Que vous opérez en tous lieux ;
Vous soulagez toute misère ,
Du pauvre vous êtes la mère ,
Et le soutien des malheureux.

Errant, sans secours, sans aurore ,
Près de périr, le voyageur
Dans sa détresse vous implore ,
Et voit un rayon protecteur ;
Le marin battu par l'orage ,
Et près d'un funeste naufrage,
Entre vos mains remet son sort ;
Et votre image révérée
Est pour lui l'étoile sacrée
Qui le ramène enfin au port.

Marie , ah ! veillez sur la France !
Procurez-lui des jours heureux ;
Soyez l'étoile d'espérance
Brillant sur nous du haut des cieux !
Reine, notre voix vous implore.
Quand un nouvel an vient d'éclore,

Qu'il soit marqué par vos bienfaits :
Du ciel, auguste bienfaitrice,
A nos vœux montrez-vous propice.
Vierge, protégez les Français !

LIVRE DEUXIÈME.

LE PARRICIDE.

Et le remords le poursuivait...

Dans un affreux désert, sur l'aride bruyère,
S'élève au pied des monts une croix solitaire
Où l'on dit que les morts la nuit viennent prier :
Car parfois on entend une voix supplier,
Demander grâce au ciel pour des crimes sans nombre;
On entend des soupirs qui gémissent dans l'ombre ;
On entend des sanglots, de longs gémissements,
De lamentables cris, de sinistres accents,

Se prolonger au loin en longs échos funèbres,
Et des plus sombres nuits effrayer les ténèbres...

Oh ! ne le croyez pas ; ce ne sont pas les morts.
Écoutez... écoutez !... c'est la voix du remords :

— « Il est minuit.. tout dort dans la nature entière,
Tout dort... et le sommeil semble fuir ma paupière
Depuis l'instant affreux où mon bras forcené
Immola dans ces lieux un père infortuné !
Coupable soif de l'or ! l'avarice cruelle
M'arma contre mon père, et ma main criminelle,
Dans un affreux transport lui déchirant le flanc,
Par trois coups de poignard épuisa tout son sang ;
O douleur ! ô remords ! ô nuit épouvantable !
O lieux, affreux témoins de mon crime exécrable !
Tout était calme alors ; et, comme en ce moment,
Les roulements lointains du rapide torrent,
Qui tombe en mugissant dans le fond de l'abîme,
Se mêlaient seuls aux cris de ma triste victime.

Ah ! je l'entends encor ; j'entends ses cris mourants,
Ses soupirs étouffés, ses sanglots déchirants...
« Mon fils, me disait-il de sa voix suppliante,
« Pourrais-tu dans mon sein plonger ta main sanglante !
« Fils cruel que j'aimais ! Ah ! je succombe... Adieu !
« C'en est fait... je me meurs... pardonnez-lui, grand Dieu... »

« Il expira... — La tombe a gardé la victime ;
Les échos du désert n'ont pas redit mon crime :
Mais, dans son sang depuis que j'ai trempé ma main,
Le poignard du remords est resté dans mon sein ;
Partout je crois revoir ma victime sanglante...
Et souvent, dans la nuit, son ombre gémissante
Vient de sa voix plaintive effrayer mon sommeil ;
Ses accents douloureux excitent mon réveil ;
Debout près de mon lit : « Ah ! tu dors, me dit-elle,
« Tu dors ! et pour toujours dans la nuit éternelle
« Je gémis, et ma mort est l'œuvre de ta main !
« Regarde... c'est ton bras qui m'a percé le sein,
« Barbare... » — Frissonnant, pâle, tout effaré,
J'erre, je vais, je cours, incertain,.. égaré...

Un invincible instinct vers ces lieux que j'abhorre

Semble ici, malgré moi, me ramener encore.

Et je viens tout tremblant, quand a sonné minuit,

Quand le sommeil au loin a suspendu tout bruit,

Je viens sous cette croix déserte et solitaire,

Je viens sur le tombeau de mon malheureux père,

Exhaler en sanglots l'hymne de ma douleur !..

Un démon me poursuit... l'enfer est dans mon cœur...

Le désespoir affreux m'accompagne sans cesse,

Le remords dévorant me déchire et m'oppresse.

Il est là, dans mon cœur, toujours! toujours! toujours!

Et de mes jours mauvais empoisonne le cours.

Fais-moi grâce du temps que je dois vivre encore,

Dieu vengeur! fais qu'ici j'expire avant l'aurore!

Je me soumets d'avance à tout ton châtiment :

L'enfer est moins affreux que mon affreux tourment!... »

Et parfois on voyait, dans la cité voisine,

Un jeune homme au front pâle, à la face chagrine,

Veillant sans cesse auprès d'un immense trésor,

Se consumant d'ennui parmi des monceaux d'or.

Le jour il s'enfermait ; quand la nuit était sombre
Comme un fantôme errant il se glissait dans l'ombre.
Ses yeux étaient hagards, son visage défait,
D'une secrète horreur souvent il frissonnait :
Il mourait consumé d'une horrible souffrance
Et de tout être humain il fuyait la présence.

Mais un soir quelqu'un vit un cortège de deuil
D'une maison déserte emporter un cercueil ;
Nul ne pleurait autour du convoi funéraire,
Et le tombeau toujours demeura solitaire.

LE PRINTEMPS.

A M. A....

L'AQUILON des hivers sur nos monts attristés
N'étend plus des frimas la robe blanchissante ,
   Et des zéphirs l'haleine carressante
Annonce les beaux jours à nos champs cultivés ;
Un feu suave et pur, répandu dans les airs,
Semble rendre la vie à toute la nature ;

Partout les frais bosquets se parent de verdure,
Et le chantre des bois ranime ses concerts.

Tout vit, tout nous crie :
Voici les beaux jours !
Beaux jours de la vie,
Saison des amours !

Et les jeunes plantes,
Les roses naissantes,
Les fleurs odorantes
Parfument les airs !
Et l'oiseau volage,
Sous le frais feuillage,
Redit au bocage
Ses plus doux concerts !

Aux jeux, aux amours,
Le ciel nous convie !
Charme de la vie,
Voici les beaux jours !

Tout s'éveille, tout vit, et dans les frais vallons
On voit les jeunes fleurs entr'ouvrir leurs calices;
 La giroflée, au bord des précipices,
De ses riches couleurs étale les festons;
L'élégant papillon, au sein des prés fleuris,
Agitte dans les airs ses ailes éclatantes,
Et dans le fond des bois les grottes verdoyantes
Offrent aux tendres cœurs leurs sauvages réduits.

   Tout vit, tout nous crie :
   Voici les beaux jours !
   Beaux jours de la vie,
   Saison des amours !

   Et dans la vallée,
   Brillante et perlée,
   S'ouvre parfumée
   La fleur d'églantier !
   Et sur la colline
   La blanche aubépine
   Fleurit et s'incline
   Le long du sentier !

Aux jeux, aux amours,
Le ciel nous convie !
Charme de la vie,
Voici les beaux jours !

Dieu ! Quel luxe enchanteur décore les côteaux
Les plaines, les vallons, les forêts, les montagnes !
  Partout au loin dans les vertes campagnes
S'offrent à mes regards des prodiges nouveaux !
La nature embellie, étalant sa splendeur,
Montre de ses décors la pompe éblouissante ;
Et, telle qu'une reine, et riche, et triomphante,
Apparaît à nos yeux dans toute sa grandeur !

Tout vit, tout nous crie :
Voici les beaux jours !
Beaux jours de la vie,
Saison des amours !

Vénus éclatante,
Et douce, et riante,
Monte triomphante

Dans les cieux ouverts ;
Verse aux fleurs mi-closes,
Verse à toutes choses
Des feux et des roses,
Embrase les airs !

Aux jeux , aux amours,
Le ciel nous convie !
Charme de la vie ,
Voici les beaux jours !

Cependant tout s'anime au loin sur les guérets,
Dans les bois, dans les prés, sur les monts, dans les ondes,
   Et dans les mers immenses et profondes ;
Le cerf impatient brame au fond des forêts,
Le bélier remplit l'air de ses longs bêlements ;
Le coursier plein d'ardeur, dans les riches campagnes
Par ses hennissements appelle ses compagnes ,
Et rejette le feu de ses naseaux brûlants.

    Tout vit, tout nous crie :
    Voici les beaux jours !

Beaux jours de la vie,
Saison des amours !

Toute la nature,
Dans la nuit obscure,
Soupire et murmure
Mille bruits divers ;
Les oiseaux frémissent,
Les taureaux mugissent,
Les lions rugissent
Au fond des déserts...

Tout vit, tout nous crie :
Voici les beaux jours !
Beaux jours de la vie,
Saison des amours !

LE VALLON.

Heureux vallon où grandit mon enfance,
Dont les sentiers m'ont revu tant de fois,
Riant séjour de paix et d'innocence,
Avec amour encor je vous revois.

Vos bords chéris et vos sites sauvages,
Vos prés fleuris, vos champs et vos forêts,
Vos vieux rochers et vos jeunes ombrages,
Pour moi toujours ont de nouveaux attraits.

Il est aux lieux où passa le jeune âge
Des souvenirs qui reposent le cœur ;
En retrouvant ce paisible rivage
On croit encor retrouver le bonheur.

C'est là jadis qu'une mère chérie
Nous prodiguait ses soins et son amour ;
C'est en ces lieux que notre ame ravie
De son printemps vit fleurir le beau jour.

Là, tout rappelle et les jeux de l'enfance,
Et ces pensers de touchant souvenir,
Rêves d'amour qu'une vague espérance
A notre cœur montrait dans l'avenir...

Oui, je revois la Truyère paisible
Dont le flot pur glisse et passe sans bruit,
Et dans son cours qu'elle rend insensible
Quitte à regret ces bords qu'elle embellit.

Combien de fois sur ses rives chéries
Mon ame vint pensive s'égarer,
Et s'enivrer de douces rêveries
En contemplant son onde s'écouler.

Ma vie alors sur cet heureux rivage,
Comme ces flots, calme coulait ses jours,
Et dans mon sein nulle trop chère image
N'en avait point encor troublé le cours.

Là, du Villard c'est la forêt ombreuse
Dont je venais parcourir les détours,
En écoutant la fauvette amoureuse
Ou le ramier qui gémissait toujours. [1]

Errant alors dans la forêt profonde
Qui sur mon front étendait ses rameaux,
Je m'en allais, égaré, loin du monde,
Au fond du bois éveiller les échos.

[1] Nec gemere aeriâ cessabit turtur ab ulmo. VIRGILE, *Ecl.*

Et quelquefois, dans l'ombre et le mystère
Lorsque mon cœur en paix voulait rêver,
J'allais chercher quelque endroit solitaire,
D'où j'entendais le ruisseau murmurer.

Souvent aussi, du haut de la colline,
J'aimais à voir se coucher le soleil,
Quand par degrès sa clarté qui décline
Dorait nos monts de son rayon vermeil.

Tous ces tableaux avaient pour moi des charmes,
J'y retrouvais un attrait enchanteur;
Et si mes yeux se remplissaient de larmes,
C'étaient encor des larmes du bonheur.

Riant séjour de paix et d'innocence,
Dont les sentiers m'ont revu tant de fois;
Heureux vallon où grandit mon enfance,
Avec amour toujours je vous revois!

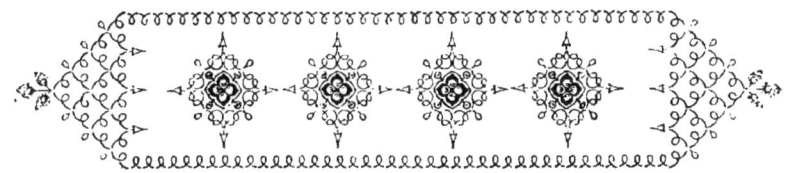

LE SOIR DANS LE TEMPLE.

La nuit tombait ; le temple solitaire
Avait cessé ses chants religieux ;
A peine encor, autour du sanctuaire ,
On entendait un murmure pieux.

Près de l'autel une lampe mystique
Faisait mouvoir sa tremblante clarté ;
Et sa lueur douce et mélancolique
Du temple saint perçait l'obscurité.

Là, prosterné sous un arceau gothique,
Le cœur en proie à d'amères douleurs,
Je me livrais à mon trouble extatique ;
J'étais bien triste, et je versais des pleurs.

Au Dieu clément je redisais sans cesse :
« Pour que je trouve ici-bas le bonheur,
Ah ! rendez-moi les jours de ma jeunesse,
Mon innocence et la paix de mon cœur.

« Tout ici-bas nous enchante et s'efface ;
Aucun bonheur pour nous n'est assuré ;
Et l'amitié de ce monde qui passe,
Laisse le cœur sanglant et déchiré.

« Mais vous, mon Dieu, vous êtes immuable,
Vous nous comblez d'ineffables transports ;
Et votre amour, toujours pur et durable,
Ne connaît point le trouble et le remords.

« Qu'ils étaient beaux ces jours de mon aurore
Que je passais au pied de vos autels !
A vous, mon Dieu, quand je reviens encore,
Recevez-moi dans vos bras paternels.

« Secourez-moi, Seigneur, dans ma détresse :
Pour que je trouve ici-bas le bonheur,
Ah ! rendez-moi les jours de ma jeunesse,
Mon innocence et la paix de mon cœur. »

Soudain un ange, à la face riante,
Descend vers moi du séjour éternel,
Et sa parole, douce et consolante,
Calmait mon cœur comme une voix du ciel.

Il me disait : « O mon enfant, espère :
Le ciel entend le cri de ta douleur ;
Espère en lui, le Seigneur est ton père ;
Il expira pour te rendre au bonheur.

« Le Dieu qui juge est le Dieu qui pardonne ;
Il te sait faible, il fit le cœur humain :
Pour mériter le pardon qu'il te donne,
Ah ! viens, mon fils, te jeter dans son sein !

Ce Dieu clément, à qui dans ta détresse
Tu demandais le calme et le bonheur,
Te rend encor les jours de ta jeunesse,
Ton innocence et la paix de ton cœur. »

SUR LE TOMBEAU D'UNE MÈRE[1].

-o-⊰⊱⊷⊶-o-

Là dorment soixante ans d'une seule pensée!
D'une vie à bien faire uniquement passée,
D'innocence, d'amour, d'espoir, de pureté,
Tant d'aspirations vers son Dieu répétées,
Tant de foi dans la mort, tant de vertus jetées
En gage à l'immortalité!

A. LAMARTINE, *Harmonies poétiques.*

C'ÉTAIT le soir : la nuit descendait sur la terre ;
Je m'acheminais seul, pensif et solitaire,

---

[1] Cette élégie est consacrée à la mémoire de ma bonne et vertueuse mère, M.me Tuffier, décédée au Malzieu, le 5 avril 1833. L'élévation de son caractère, sa haute raison, ses vertus, sa douceur, sa bonté, en faisaient une femme accomplie, comme elle était la meilleure et la plus chérie des mères.

Et, le cœur fatigué sous le poids de mes maux,
Je dirigeais mes pas vers le champ des tombeaux.
Bientôt je me trouvai dans la funèbre enceinte,
Des générations où dort la cendre éteinte;
Et, sur cette poussière attachant mes regards,
Je ne voyais partout que des tombeaux épars.

La lune, à l'horizon se levant sans nuage,
Faisait dans un ciel pur resplendir son image,
Et sur le champ des morts répandait sa clarté,
Comme ce jour plus beau de l'immortalité...

Mais d'un seul souvenir j'occupais ma pensée :
Marchant sur les monceaux de la terre entassée,
J'égarais en secret mes pas religieux,
Et je venais revoir un monument pieux.
Bientôt auprès du mur une tombe modeste
D'un objet toujours cher m'offrit le précieux reste;
L'herbe croissait autour du funèbre écriteau,
Une croix de bois noir surmontait le tombeau :
Elle était là !.. Mes pas par instinct s'arrêtèrent,
De tendres souvenirs dans mon cœur remontèrent;

Et près d'elle sentant se rouvrir mes douleurs,

Comme à son dernier jour je répandais des pleurs.

C'est là qu'elle dormait celle dont la pensée

Des soins les plus touchants ne fut jamais lassée ;

Celle de qui la vie, et jusqu'au dernier jour,

Ne fut que pureté, que tendresse et qu'amour.

Que d'efforts généreux ! que de vertus cachées !

En Dieu que de douleurs en secret épanchées !

Que de secours versés au sein des malheureux !

Que de soins, de travaux, pour faire des heureux !

De ses enfants chéris seconde providence,

Rien jamais de son cœur ne lassait la constance ;

Sa voix, cher entretien de raison, de bonté,

Était tout notre amour, notre félicité ;

Et quand nous étions loin de notre humble demeure,

Du retour bien-aimé nos vœux devançaient l'heure.

Cependant nous voyions, hélas ! depuis long-temps,

S'éteindre par degrés le flambeau de ses ans :

Mais elle, en attendant l'éternelle justice,

Achevait lentement son noble sacrifice,

S'oubliait constamment pour tout ce qu'elle aimait ;
En soins toujours nouveaux son cœur se consumait ;
Sentait de jour en jour venir sa fin prochaine,
Éloignait de la mort l'apparence certaine,
S'attristait sur le sort de ses derniers enfants,
A des cœurs généreux confiait leurs jeunes ans ;
Et, près de s'envoler vers l'éternelle aurore,
Son œil déjà mourant nous regardait encore...

A tous ces souvenirs mon esprit s'arrêta,
De sa cendre à mon cœur sa douce voix monta ;
Et je disais : « O toi qui dors dans cette enceinte,
Oui, tu vis dans nos cœurs, ombre chère, ombre sainte,
Et ta douce mémoire et tes tendres bienfaits
Au cœur de tes enfants ne périront jamais !
Ah ! puisque la vertu, qui par degrès succombe,
Voit luire un plus beau jour au-delà de la tombe,
Le Dieu de vérité, dans ses sacrés parvis,
Te rend-il aujourd'hui le bien que tu nous fis ?
Jouis-tu maintenant d'un bonheur sans mélange ?
Sur la terre d'exil n'étais-tu pas un ange,
Armé de la justice et de la vérité,

Et marchant vers le jour d'éternelle clarté ?

La terre pour le ciel n'est qu'un séjour d'attente ,

Ton ame... » En ce moment une étoile brillante

Apparût douce et triste en l'éther radieux ,

Et je crus voir son ame errante dans les cieux !..

LE CLAIR DE LUNE.

A M. DE SAINTE-BEUVE.

Ce soir, à l'heure du silence,
Lorsque le ciel est calme et pur,
La lune monte et se balance
Au sein d'un fluide d'azur ;
Rasant le sommet des montagnes,
Elle verse sur les campagnes
Ses rayons si clairs et si beaux :
En voyant son front triste et pâle
On croirait voir une vestale
Qui vient pleurer sur des tombeaux.

Alors, sous la voûte étoilée
On entend de secrets concerts ;
Alors, au fond de la vallée
On entend mille bruits divers ;
Du sein de l'humide feuillage
S'élève le plaintif ramage
Qu'au loin répètent les échos :
C'est Philomèle qui soupire,
C'est le tendre et léger zéphire
Qui frémit dans de frais rameaux.

Cependant l'astre taciturne,
Qui s'élève au sommet des cieux,
Glissant dans sa marche nocturne,
Poursuit son cours silencieux ;
Partout sa lueur amoureuse,
Dans sa course mystérieuse,
Dort sans bruit sur le frais gazon ;
Et sa clarté toujours si pure,
Brillant sur toute la nature,
Remplit au loin tout l'horizon.

Si dans la forêt solitaire
Je promène mes pas errants,
La lune glisse avec mystère
Parmi les feuillages mouvants ;
Partout, dans la verte clairière,
Les flots de sa pâle lumière
Tremblent à travers les rameaux ;
Et dans la forêt claire et sombre
Des espaces de clarté, d'ombre,
Font briller des jours inégaux.

A cette heure mystérieuse,
M'égarant bien loin des hameaux,
Mon ame pensive et rêveuse
Souvent erre sur les côteaux ;
A mes rêves je m'abandonne,
Un charme secret m'environne,
Car alors tout est enchanté ;
Et toujours l'astre solitaire
Répand sur l'humide bruyère
L'éclat de son disque argenté.

Oh ! verse, verse, verse encore,
Verse sur moi tes doux rayons !
Brille sur moi, jusqu'à l'aurore,
Astre sacré de nos vallons !
Sous ta douce et triste influence
J'aime à contempler en silence
Ce calme profond de la nuit,
Et cette clarté pacifique
Qui, dans son cours mélancolique,
Partout au loin règne sans bruit.

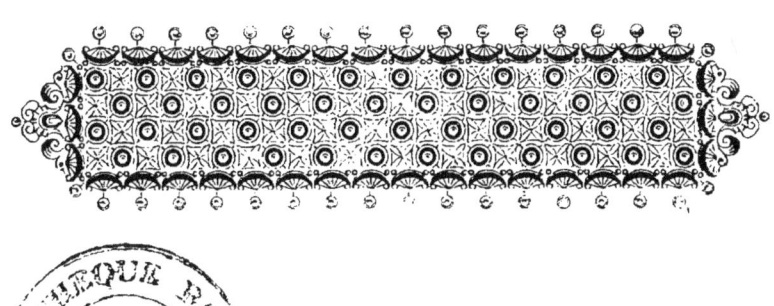

MON TOMBEAU.

Mes jours s'effacent comme l'ombre [1],
Comme l'ombre au flanc des côteaux ;
Mon ame descend pâle et sombre
Dans la triste nuit des tombeaux.

[1] Dies mei sicut umbra declinaverunt; et ego sicut fœnum arui.

7

O vous dont l'amitié m'est chère,
Vous près de qui je fus heureux,
Quand aura fini ma carrière
Accomplissez mes derniers vœux.

Il est, au fond de la vallée,
Un frais bocage hospitalier,
Et tout près la source sacrée
Qu'ombrage le long peuplier.

Là , quand le deuil et la souffrance
Auront fait tarir tout mes pleurs ,
Quand ma fugitive existence
Aura cessé dans les douleurs,

Dressez mon tombeau solitaire
Près du cours murmurant des eaux ,
Et que le saule funéraire
Le couvre de ses longs rameaux.

Ce bocage, à l'étroite enceinte,
A tous les vents est abrité :
Là, plantez surtout la croix sainte,
Ce gage d'immortalité.

Que parmi l'épaisse feuillée
On entende l'oiseau des bois ;
Que mon amante inconsolée
Y vienne pleurer quelquefois.

Pendant la nuit si Philomèle
Répète ses accords touchants,
Mon ombre plaintive comme elle
Entendra ses tristes accents.

Là, dans le sein de la nature,
Sous l'ombrage des frais ormeaux,
Que mon ame sensible et pure
Trouve enfin l'oubli de ses maux.

Et si quelque ame douce et tendre
Le soir vient rêver et gémir,
Mon ombre, attentive à l'entendre,
Lui répondra par un soupir.

Placez ma tombe solitaire
Près du cours murmurant des eaux,
Et que le saule funéraire
La couvre de ses longs rameaux.

PROMENADE ET RÊVERIE.

Viens, mon ame, fuyons les ennuis de la ville,
Allons trouver aux champs le calme et le bonheur ;
Viens, pour les malheureux les champs sont un asile :
Leur doux aspect délasse et repose le cœur.

Entends-tu comme au loin la naïade bruyante
Épanche à flots pressés le cristal de ses eaux,
S'échappe en murmurant, et dans sa course errante
Réfléchit sur ses bords les vieux troncs des ormeaux ?

Vois-tu comme ces fleurs, au sein de la prairie,
S'agitent mollement au souffle des zéphirs ?
Entends le bruit secret de leur douce harmonie
Et le frémissement de leurs mille soupirs.

Vois ces riants côteaux couronnés de feuillage ;
Admire de leurs fronts les contours gracieux ;
Entends les mille voix des chantres du bocage,
Et de leurs frais accords les chants mélodieux...

Suivons de ces sentiers les détours solitaires,
Allons chercher au loin quelque site écarté ;
Seul avec la nature et ses sacrés mystères,
Goûtons au fond des bois leur douce obscurité.

Salut, vaste forêt ! asile obscur et sombre,
Séjour mystérieux du calme et de la paix !
A mes rêves prêtez le voile de votre ombre,
Couvrez-moi tout entier de vos rameaux épais.

Hélas! mon cœur, lassé de cette triste vie,
Redemande à ces lieux le calme et le repos ;
D'un secret souvenir mon ame poursuivie,
En vain cherche partout un refuge à ses maux.

Mes jours, environnés de deuil et de tristesse,
Tombent comme la feuille au souffle des autans ;
L'amitié me trahit et l'amour me délaisse...
Et mon automne, hélas! touche presque au printemps.

Je n'ai trouvé partout que larmes et souffrance ;
Mon ame s'est flétrie au souffle du malheur ;
Et, lasse d'invoquer la tardive espérance,
Elle invoque la mort, terme de sa douleur.

Qu'importe que le jour naisse ou se décolore,
Quand j'ai vu de mes jours le charme s'envoler ;
De tous mes souvenirs un nom seul reste encore,
Un nom que dans mon cœur rien ne peut effacer...

Ils ne sont plus ces jours où mon ame ravie
Sans cesse contemplait l'astre qui me charmait ;
Maintenant le regret accompagne ma vie :
Est-il quelque bonheur loin de ce qu'on aimait ?

Désert silencieux, paisible solitude,
Sous vos rameaux épais, parmi vos frais réduits,
Mon cœur, pour adoucir sa longue inquiétude,
Aime à redire encor sa peine et ses ennuis.

A vos charmes secrets mon ame s'abandonne :
Calmez ce cœur flétri qu'a brisé la douleur ;
Et si son souvenir en ces lieux m'environne,
Laissez-moi me nourrir de cette douce erreur.

Nature, bois sacrés, silencieux ombrages,
Asyle fortuné du repos, du bonheur,
En rêvant, égaré parmi ces frais bocages,
Le charme de ces lieux pénètre dans mon cœur.

Oh! que ne puis-je ici, loin du trouble et du monde,

Près de l'objet aimé couler des jours heureux,

Vivre loin des humains dans une paix profonde,

Au sein de la nature, et ne voir que les cieux!

LE CHANT DU BARDE SOLITAIRE.

A sombre nuit règne sur la bruyère,
Le vent du soir a gémi dans les airs ;
Au pied des monts, sur un roc solitaire,
Le Barde fait vibrer ses sauvages concerts.

Tandis qu'au loin tout dort dans la nature,
Mêlant sa voix plaintive au bruit des noirs torrents,
A la brise des nuits livrant sa chevelure,
Il exhale en ces mots ses douloureux accents :

« Échos plaintifs de ces lieux solitaires,

Secrets témoins de mes sombres douleurs,

Partout au loin sur ces tristes bruyères

Répétez dans la nuit mes chants et mes malheurs.

« Il est minuit… tout dort sur les monts, dans la plaine,

L'aquilon seul gémit sur le désert ;

Au bruit plaintif qui part de la forêt prochaine

Je viens mêler mon funèbre concert.

Dans l'ombre de la nuit ma voix faible et tremblante

Exhale dans les airs les soupirs de mon cœur,

Et sur ma harpe gémissante

Je viens redire encor le chant de ma douleur.

Torrent impétueux qui du haut de ces cimes,

Sous un ciel sombre et ténébreux,

Poursuis ton cours tumultueux,

Et tombes en grondant jusqu'au fond des abîmes,

J'aime de tes concerts les sauvages accords ;

Tes longs mugissements, dans l'horreur des ténèbres,

Se prolongeant, la nuit, en longs échos funèbres,

Me semblent pleurer pour les morts.

« Et moi je pleure aussi : l'étoile radieuse,

      Qui brillait si douce à mes yeux,

Hélas ! s'est éclipsée en la nuit nébuleuse ;

Et cet astre pour moi ne luit plus dans les cieux !

« Je ne dois plus la voir, si bonne et si touchante,

Inondant en secret mon ame de bonheur ;

Et je n'entendrai plus cette voix consolante

Dont les tendres accents calmaient toujours mon cœur.

« En elle tout était bonté, charme, sourire,

Sa voix se modulait comme un soupir d'amour,

Ou comme un chant plaintif qui dans les airs soupire

      Quand tombent les clartés du jour.

« Comme au flanc des côteaux la lune blanchissante

Répand le tendre éclat de sa douce lueur,

Ainsi toujours son ame, et bonne, et consolante,

Autour d'elle savait répandre le bonheur.

« Et mon ame en secret s'unissait à son ame ;

Et mon cœur s'enivrait dans les plus doux transports ;

Et dans l'enchantement de ma première flamme
Tout en moi redisait d'ineffables accords.

« Mais des jours de douleur ont flétri ma jeunesse,
L'astre qui me charmait à mes yeux s'est voilé ;
Et je ne trouve plus que peine et que tristesse
Sur cette triste terre où je marche exilé.

« O toi qui de ma vie as rempli la pensée,
Mon cœur reste fidèle aux plus tendres amours ;
Ton image, en mon sein sans cesse retracée,
Hélas ! y vit encore... elle y vivra toujours.

« O lune, astre des nuits, qui sous l'épais nuage,
        Qui sert de voile à tes douleurs,
Parfois à nos regards dérobes ton image
        Comme pour nous cacher tes pleurs,
Viens-tu, comme le Barde, et triste, et solitaire,
        En voilant ta douce clarté,
        Languissante et sans ta beauté,
Révéler, dans la nuit, ta souffrance à la terre ?

« Viens-tu le soir, du haut des cieux,
Comme une vierge en deuil, plaintive et sans parure,
En de pâles rayons versant ta chevelure,
Exprimer tes regrets et te plaindre à nos yeux ?
Mais du moins tes douleurs, qui n'ont que peu de jours,
Comme le vent léger fuiront avec vitesse :
Le temps calmera ta tristesse,
Demain tu brilleras ! — Je pleurerai toujours...

« Oui, toujours, car la vie amère
N'aura plus pour moi que douleurs ;
Oui, toujours, car sur cette terre
Je m'en irai versant des pleurs :
Mes jours décolorés et sombres
Passent comme de pâles ombres
Sans calmer l'ennui de mon cœur ;
Lorsqu'à ma harpe gémissante
Je demande une hymne éclatante,
Elle dit l'hymne du malheur.

« Levez-vous, ô souffles d'automne !
Venez, orageux aquilons !

Comme sous un vent monotone
Tombent les feuilles des vallons,
Qu'ainsi mon ame palpitante,
Sous votre haleine frémissante,
Quitte la terre de douleur ;
Venez, mon ame vous implore,
Venez, qu'au souffle de l'aurore
Elle tombe comme la fleur.

LIVRE TROISIÈME.

L'OMBRE DE LÉONIDAS

apparait

AUX GRECS PRÊTS A SE RÉVOLTER.

—◦→⟨❄⟩←◦—

A M. ALPHONSE DE LAMARTINE.

Minuit était sonné ; tout dormait sur la plage ;
A peine un bruit confus murmurait au rivage :
C'était le bruit des flots qui, par le vent poussés,
Se brisaient gémissants sur des bords profanés.
La nuit sur l'univers étendait tous ses voiles.
A la faible lueur des tremblantes étoiles,

Les principaux des Grecs, en secret conjurés,

Et pour le bien commun dans la nuit convoqués,

A travers des sentiers rudes et difficiles

Se rendaient en silence au pied des Thermopyles.

C'est dans ce lieu de gloire et d'immortalité

Qu'ils viennent invoquer l'antique liberté,

Et, des grands souvenirs évoquant la mémoire,

A leur nom illustré rendre sa vieille gloire.

Aucun n'a fait défaut, tous ils se sont rendus;

Dans leur avis divers tour-à-tour entendus,

Leur désir est commun, leur transport unanime,

Un même sentiment en ces jours les anime :

« Que la Grèce soit libre ! et que tous ses enfants

Se lèvent à la fois pour punir ses tyrans !

Sur ce sol glorieux, célèbre d'âge en âge,

Trop long-temps a pesé le joug de l'esclavage;

La Grèce a trop gémi sous son triste destin :

Qu'enfin elle s'éveille, et que ce soit demain !.. »

Des vieillards cependant la lente expérience

Blâmait de ces transports la vive impatience :

« Pour de si grands desseins, il faut de grands apprêts;

Si la Grèce gémit, ses vengeurs sont-ils prêts?..

Contre de fiers vainqueurs et leur puissante rage
Que peut des Grecs encor l'inutile courage?
Les ennemis ont tout, les arsenaux, les forts,
Les armes, les soldats, les vaisseaux, les trésors;
Et la Grèce n'a rien pour soutenir l'orage
Que les fers qu'a forgés pour elle l'esclavage.
A de sages lenteurs il faut avoir recours,
A des peuples amis demander des secours... »
Et déjà le conseil inclinait pour l'attente.

Botzaris, jeune chef à l'ame impatiente,
S'indigne que, sans force et dans l'oisiveté,
La Grèce doive attendre encor sa liberté;
Des maux de son pays son noble cœur soupire,
De son brillant passé sa grande ame s'inspire...
Tout-à-coup vers les monts il étendit son bras,
Et dans son enthousiasme il dit : « Léonidas! »
Il l'avait vu. — Soudain tous les chefs se levèrent;
D'un même sentiment leurs ames s'enflammèrent;
Tous le virent aussi... Le héros glorieux,
Tel qu'il était jadis, se montrait à leurs yeux,

Mais son front paraissait couronné de tristesse,
L'ombre semblait gémir sous un poids qui l'oppresse.
Sa voix, qui se mêlait au murmure des flots,
De ces lieux immortels frappe encor les échos;
Et ces mâles accents, qu'en ces lieux tout proclame,
Semblèrent retentir jusqu'au fond de leur ame :

« Sous un sol profané trop long-temps je gémis...
O Grecs de Marathon, êtes-vous endormis?..
Et quand la Grèce en deuil tout entière succombe,
Rien ne survivra-t-il de vous-même à la tombe?..
Dieux! que sont devenus ces siècles si fameux,
Où la Grèce était libre et ses fils glorieux !
Où cette noble terre, en héros si féconde,
Parmi les nations était reine du monde,
S'élevait grande et forte, et dans ces jours si beaux
Pour tous ses ennemis n'avait que des tombeaux !..

« Et maintenant nos fils, soumis par le barbare,
Tendent leurs bras aux fers qu'un vainqueur leur prépare;

Des Grecs, en ces lieux même où régnaient leurs aïeux,
Marchent le front courbé sous un joug odieux ;
Et du fond de ma tombe, où dorment tant de braves,
J'entends le bruit des fers que traînent des esclaves !..

« Levez-vous ! levez-vous, descendants des héros !
Que l'hymne des combats frappe encor ces échos ;
Et dans ces lieux marqués par notre vieille gloire,
Que votre premier cri soit un cri de victoire !
Comparez le passé, — songez à l'avenir...
Qu'ils revivent ces jours d'éclatant souvenir,
Où les Grecs autrefois, obligés de se rendre,
Expiraient en ces lieux qu'ils ne pouvaient défendre !
Que tout éveille ici votre juste courroux :
Du fond de nos tombeaux nous combattrons pour vous ;
Et nos mânes plaintifs, errant sur ce rivage,
Eux-mêmes soutiendront votre mâle courage...
Nos vaisseaux triomphants ont sillonné les flots ;
Tout ce sol est formé de cendres de héros.
En ces lieux immortels, que tout parle à votre ame ;
Qu'un noble souvenir un instant vous enflamme !..

En de honteux liens c'est trop long-temps souffrir...
Si vous ne savez vaincre, au moins sachez mourir !..
O Grecs ! levez-vous tous pour briser vos entraves !
Périssez, s'il le faut, mais cessez d'être esclaves !.. »

Il se tut, et soudain un grand cri fut jeté :
La Grèce l'entendit; ce cri fut : « Liberté!!! »
Alors mille clameurs dans les airs se confondent ;
La terre au loin s'émeut, les rivages répondent ;
De côteaux en côteaux de grands feux allumés
Annoncent les complots que les chefs ont formés ;
De confuses rumeurs ébranlent les campagnes,
Ces bruits sont répétés aux sommets des montagnes.
Tout annonçait déjà des prodiges nouveaux;..
On entendit des voix dans le fond des tombeaux...

Par degrès pâlissait la lueur des étoiles,
La nuit près de finir repliait tous ses voiles :
Bientôt parut au ciel une vive clarté,
Aurore d'un beau jour,.. et de la liberté !

Alors de toutes parts les Grecs courent aux armes,

Le barbare à son tour a connu les alarmes...

Tout doit faire espérer un plus bel avenir ;

La Grèce enfin s'éveille, et son deuil va finir !..

LE FANTOME SANGLANT[1].

Ils n'étaient plus.. Leurs corps, meurtris, ensanglantés,
Reposaient sans honneur et sans pompe inhumés ;
La nuit avait voilé d'horribles funérailles,
Et leur sang dans Paris rougissait les murailles.

[1] En traçant ce tableau des terreurs de Charles IX après la Saint-Barthélemy, je n'ai fait que reproduire l'histoire. Les auteurs contemporains s'accordent à dire que depuis cette fatale époque sa vie se consuma dans les plus sombres douleurs : plusieurs vont même jusqu'à assurer que le sang lui sortait par les pores : juste mais terrible punition du ciel...

La religion fut le prétexte bien plus que la véritable cause de la Saint-Barthélemy. Quels que soient les excès que l'on commet en son nom, une religion toute de clémence et de charité ne saurait être rendue responsable des forfaits qu'elle réprouve et qu'elle condamne par tous ses préceptes.

Mais, plus heureux encor que leurs tristes bourreaux,
Ils dormaient, eux du moins, dans le fond des tombeaux.
Charles, que poursuivait la cruelle insomnie,
Sentait un noir poison qui consumait sa vie ;
En vain dans sa douleur, par d'impuissants efforts,
Cherchait-il à calmer de trop cuisants remords :
Sans cesse il croyait voir quelque pâle victime
S'attacher à ses pas, lui reprocher son crime ;
Et, dans son désespoir, au fond de son palais,
Il gardait dans son cœur sa honte et ses regrets.

Une nuit qu'accablé de sa longue souffrance,
Tandis que tout dormait dans un profond silence,
Charles, que poursuivait un cruel souvenir,
Appelait le sommeil qui toujours semblait fuir.
Tout-à-coup il crut voir comme un géant énorme,..
Un fantôme sanglant, hideux, meurtri, difforme,
Qui s'avançait vers lui... Son œil était hagard,
Son flanc était percé de trois coups de poignard,
Ses cheveux étaient pleins de sang et de souillures,
Son front était couvert de profondes blessures :
En lui tout respirait le trouble et la terreur...

Charles le regardait sans force et sans couleur;
Et dans la nuit, dont rien ne trouble le silence,
Vers sa couche, à pas lents, il le voit qui s'avance...
Le fantôme sanglant approcha de son lit,
Et quand il fut tout près, s'inclinant, il lui dit :
« Eh bien!.. es-tu content?.. dans cette nuit de crimes
T'es-tu rassasié de sang et de victimes?
Dis, tous sont-ils bien morts? as-tu bien tout frappé ?
A ta fureur au moins rien n'a-t-il échappé ?
Tu vas de tes forfaits avoir la récompense;
Bientôt le ciel sur toi marquera sa vengeance;
Ton nom avec horreur vivra dans l'avenir :
Tremble, tremble, tyran, car tes jours vont finir!.. »

En achevant ces mots, la victime sanglante
Disparut dans la nuit, plaintive et gémissante;
Charles, que ces accents ont glacé de terreur,
Sent un frisson mortel pénétrer dans son cœur.
Il veut crier... la voix expire dans sa bouche ;
Il s'agite, il frissonne, il tremble sur sa couche :
L'affreux pressentiment sur sa tête a grondé ;
D'une sueur de sang il se sent inondé ;

Et son ame, saisie, éperdue et tremblante,
Frémit dans des accès de trouble et d'épouvante.

Lorsque parut le jour, les pages accourus
Remarquèrent du roi les regards éperdus ;
Son front était couvert d'une sueur sanglante ;
Dans ses yeux se mouvait une prunelle ardente ;
Du plus sinistre effroi ses sens étaient troublés,
Et de son sein sortaient des soupirs étouffés.

Lorsque la nuit tomba, des flambeaux s'allumèrent ;
Les gardes du palais autour du lit veillèrent :
Mille soins entouraient la personne du roi
Pour chasser de ces lieux l'épouvante et l'effroi.

Tout goûtait le sommeil dans le palais immense,
Et nul bruit ne troublait le vaste et grand silence ;
Mais quand sonna minuit, encor la même voix
En lugubres accents cria du haut des toits :
« Pour toi va commencer l'éternelle souffrance :
Bientôt le ciel sur toi marquera sa vengeance ;
Ton nom avec horreur vivra dans l'avenir :

Tremble, tremble, tyran, car les jours vont finir... »

Et Charles, tout troublé, pâle, éperdu, livide,
Sentit dans tout son corps comme un frisson rapide.
Il tournait en tout sens son regard égaré ;
Il frémissait d'horreur, tout tremblant, effaré...
Des pores de son corps son sang sortait encore.
Il soupira, gémit, pleura jusqu'à l'aurore ;
Et quand brilla le jour, une sombre pâleur
De son ame abattue annonçait la douleur :
A peine il soutenait sa marche languissante ;
Son front était chargé de trouble et d'épouvante.
Son palais n'était plus qu'une affreuse prison ;
Pour lui les mets exquis se changeaient en poison.
Amant des noirs réduits, il fuyait la lumière ;
Jamais le doux sommeil ne fermait sa paupière ;
Une sueur de sang quelquefois l'inondait...
Sans cesse on le voyait, sombre, rêveur, distrait,
Cherchant à repousser quelque image sanglante,
Et toujours dévoré d'une fièvre brûlante...

Mais la nuit, quand l'airain frémissait douze fois,

Il entendait toujours la lamentable voix ,
Planant du haut des toits sur sa sombre demeure ,
En funèbres accents marquer sa dernière heure.
Alors recommençaient son trouble et sa terreur ,
Alors un grand effroi pénétrait dans son cœur ;
Et , dans les noirs accès d'un effrayant délire ,
Son sang qui l'inondait révélait son martyre.

Ainsi dans ses regrets ce prince infortuné ,
Aux plus affreux remords désormais condamné ,
Voyait dans la douleur se consumer sa vie ,
Que minait sourdement une lente agonie.
Rien ne pouvait calmer l'horreur de son tourment ;
Tout son corps frémissait d'un secret tremblement...
La mort , qui par degrés l'entraînait dans l'abyme ,
Semblait prendre plaisir aux maux de sa victime.
Jusqu'au dernier moment ce trop malheureux roi
Se vit environné de terreur et d'effroi ;
Et lorsque le trépas glaçait sa main tremblante ,
Il crut entendre encor cette voix effrayante :
« Le ciel , le juste ciel te condamne à mourir :
Tremble , tremble , tyran , car tes jours vont finir!.. »

L'ÉMEUTE

ET

L'IMAGE DE LA PATRIE.

‑❍‑◉❋◉‑❍‑

A M. LE DOCTEUR BRESCHET,

Membre de l'Institut de France.

ET l'émeute grondait ; et sa voix menaçante
Retentissait partout terrible et mugissante :
Au loin on entendait le signal des combats ;
Partout étincelaient les apprêts du trépas...
　　　Les mères, pâles, désolées,
　　　Les épouses, échevelées,

En vain dans leurs transports de trouble et de terreur,

Voulaient des combattants arrêter la fureur.

Dans la grande cité tout était en alarmes ;

Et le tambour battait, et l'on courait aux armes ;

    Et l'on voyait de toutes parts

Des frères ennemis sous divers étendards,

      Hâtant leur marche frémissante,

      Devant eux portant l'épouvante,

Et marchant pour savoir, se prenant corps à corps,

Lesquels auraient le droit d'ensevelir les morts.

Les partis, qu'animait l'ardeur de la vengeance,

Prêts à s'entr'égorger se trouvaient en présence ;

Déjà, dans leur courroux, leurs bras étaient armés.

L'airain frappait l'airain, les fers étaient croisés...

Quand soudain apparut, dans un brillant nuage,

De la Patrie en pleurs l'auguste et sainte image :

Son front était chargé de tours et de crénaux ;

Autour d'elle flottaient nos glorieux drapeaux ;

Son sein était percé de nombreuses blessures ;

Elle semblait gémir et pleurer tant d'injures.

L'ombre du haut des cieux par degrés s'inclina,
Et sa voix dans les airs en ces mots éclata :

« Que faites-vous, cruels !.. Quel démon sanguinaire
      Arme vos sacrilèges bras ?
      Par de coupables attentats
Pourquoi meurtrissez-vous le sein de votre mère ?
Que vois-je !.. mes enfants l'un contre l'autre armés,
Dans leur affreux transport de toutes parts s'avancent ;
      L'un sur l'autre s'élancent,
Et déchirent le sein qui les a tous formés.
Quelle fureur, ô Dieux ! arrêtez, téméraires !
Suspendez dans vos mains ces glaives redoutés :
Ce sang que vous versez est le sang de vos frères,
Et c'est un sol sacré que vous ensanglantez !

« Quand les enfants de Germanie,
Montés sur leurs coursiers fougueux,
Et poussés par un noir génie,
Désolaient mes bords malheureux ,

Comme vous, dans leur rage ardente,
Ils couvraient la pleine fumante
Du sang de mes tristes enfants ;
Et, s'ouvrant un affreux passage,
Ils semaient partout le carnage,
Et foulaient leurs membres sanglants.

« Je déplorais alors ces fureurs meurtrières ;
Mais sur des maux plus grands aujourd'hui je gémis :
Ils combattaient leurs ennemis,
Et vous, vous combattez vos frères !

« Et ne craignez-vous pas que votre fer sanglant
Porte le deuil dans vos familles,
Ou que la balle, en s'égarant,
N'atteigne le sein de vos filles ?
Ne craignez-vous pas que la mort
N'aille près du foyer frapper votre vieux père,
Ou que la grêle meurtrière
De vos fils ne perce le corps ?

De ces affreux discords brisez enfin le glaive ;

Et, pour le bien commun unissant vos efforts,

        Français, souffrez que sur vos bords

L'aurore du bonheur plus brillante s'élève :

Assez de jours pour vous ont brillé radieux,

A mes vœux désormais donnez de jours propices ;

        Vous fûtes grands, — soyez heureux...

Que la paix ferme enfin mes larges cicatrices,

        Et rachète les sacrifices

Que m'ont coûté ces jours si beaux, si glorieux.

« Trop long-temps j'ai gémi quand mes aigles rapides,

Sous des climats divers prenant un noble essor,

        Planaient du Kremlin au Thabor,

        Des bords du Tibre aux Pyramides.

« Sans cesse volant aux combats,

Alors de mes enfants l'élite grande et fière

Bravaient tous sans pâlir de glorieux trépas,

Et tombaient par milliers sur la terre étrangère.

L'Europe se couvrait au loin de leurs tombeaux ;
Tous laissaient pour les camps ma campagne déserte ; .
De leur généreux sang la terre était couverte ,
Et chaque jour voyait mille trépas nouveaux...
Mais s'ils tombaient, du moins il tombaient avec gloire;
Si je pleurais leur mort, je chantais leur victoire :
Partout on célébrait mes enfants glorieux.
La terre au loin tremblait sous ces guerriers fameux ;
L'Europe contre moi se liguait tout entière ;
  Mais je marchais la tête altière :
  Tous mes fils combattaient pour moi ,
Et nul dans ces grands jours ne sut trahir sa foi ;
Pour moi tous ils mouraient ! et leur ame aguerrie
Tombait en défendant le sol de la patrie.
Et vous l'ensanglantez !.. et vos armes cruelles
  De vos frères percent le sein !
Quand la patrie en vous croit trouver un soutien,
Cruels, vous la percez de vos mains criminelles !..

« Ah ! si vos cœurs, jaloux des temps de ma splendeur,
  Pour moi rêvent des jours de gloire ,

Si vous voulez par la victoire
Faire revivre encor les jours de ma grandeur,
Attendez que l'Europe en arme
Contre nous pousse ses soldats,
Et que le vieux canon d'alarme
Annonce le jour des combats :
Alors, vous ouvrant la barrière ,
Je vous montrerai la carrière
Que vous aurez à parcourir ;
Alors, vos armes généreuses,
Sous mes bannières glorieuses,
Ne sauront que vaincre ou mourir.

« Vous serez grands comme vos pères,
Dans ces champs qu'ils ont parcourus ;
Vous repousserez aux frontières
Tous ces peuples qu'ils ont vaincus.
Dans votre impétueuse audace,
Vous marcherez, foulant sur place
Leurs innombrables bataillons;
Et , dans le fort de la tempête,

Vous me verrez à votre tête ,
Guidant vos fières légions !
Alors, si l'ennemi, comme aux jours de mes braves,
A vos cœurs indomptés présentait le trépas,
Soyez Français, — jamais esclaves...
Mourez en combattant, et ne vous rendez pas ! »

Des nuages brillants à ces mots se formèrent ;
Un jour plus beau se fit dans l'éther radieux ;
Mille bruyants transports dans les airs éclatèrent...
Et la Patrie alors disparut dans les cieux.

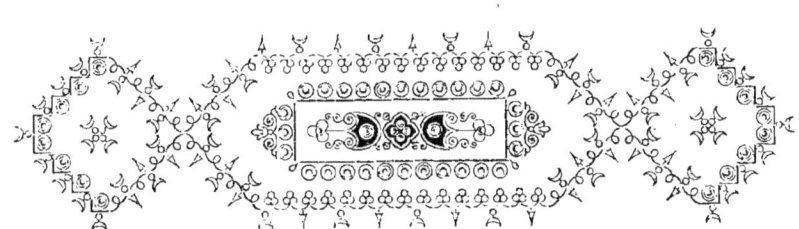

DÉFENSE DE MAZAGRAN.

AU CAPITAINE LELIÈVRE.

Nous les vaincrons ! Allah ! gloire au prophète !
Au cimeterre ils n'échapperont pas !
Serrons nos rangs, gravissons sur ce faîte :
L'ange des morts a sonné leur trépas.
Sur ce plateau nos enseignes flottantes

Vont remplacer leurs orgueilleux drapeaux !
Guerre ! en avant !.. que leurs têtes sanglantes
Avant la nuit couronnent nos créneaux !

« Les voyez-vous, par un soin inutile,
Cherchant encore à braver nos efforts ?
Ils sont cent-vingt, — nous sommes douze mille :
Nos premiers rangs passeront sur leurs corps !
Élançons-nous sur la troupe guerrière
Si nous voulons les voir tous palpitants ;
Mais hâtons-nous de franchir la barrière,
Pour les derniers il ne sera plus temps... »

Et leur foule, à grands flots, couvrait au loin la plaine ;
De nombreuses tribus venaient de toutes parts ;
En agitant leurs étendards,
Elles marchaient, croyant la victoire certaine.
Pour fondre sur eux de concert,

Déjà vers leur réduit les premiers rangs s'avancent,
　　　Pleins d'ardeur ils s'élancent...
Halte! n'avancez-pas, Arabes du désert!

　　　　Le salpêtre éclate,
　　　　Le feu retentit,
　　　　La flamme écarlate
　　　　Pétille et frémit;
　　　　Les hordes pressées
　　　　Tombent renversées
　　　　Sous le feu vainqueur ;
　　　　Et toujours leur foule,
　　　　Qui se presse et roule,
　　　　Charge avec fureur.

　　　　La mêlée ardente
　　　　S'anime et mugit ;
　　　　Leur rage brûlante

S'irrite et rugit.

Nos braves, qui plient,

Bientôt se rallient

Sur ce champ d'honneur;

Partout leur courage

Sème le carnage,

Porte la terreur.

Après les longs combats, par degrès la nuit sombre

Descendit; nos guerriers veillent encor dans l'ombre;

Afin de prévenir un terrible réveil,

A peine tour-à-tour ils goûtent le sommeil.

L'ennemi sous les murs se dresse, épie encore;

Et dès qu'à l'orient a reparu l'aurore,

Des cris tumultueux, de sauvages concerts,

De confuses clameurs, éclatent dans les airs :

C'est le cri des combats... c'est l'Arabe en colonne

Qui contre leur réduit s'avance et s'échelonne;

C'est le canon vainqueur foudroyant les remparts,

Ce sont les murs battus croulant de toutes parts.

La brèche s'ouvre : alors l'élite de l'armée ,
Respirant le trépas et d'ardeur enflammée ,
S'élance... — Nos guerriers, tels que le fier lion
Qui, voyant de chasseurs tout une légion
  Fondre en son antre solitaire ,
  S'irrite et dresse sa crinière ,
  Et tour-à-tour sur la poussière
  Les fait rouler en tourbillon :

Tels nos braves alors, qui dans l'humble réduit
Attendaient en silence et suspendaient tout bruit,
Se lèvent !.. leur fureur éclate et les dévore ;
Sur les corps foudroyés des corps tombent encore.
L'ennemi furieux redouble ses efforts ;
La brèche en un instant se couvre de leurs morts.
Deux mille combattants se succèdent sans cesse ,
Leur troupe impétueuse et s'acharne et se presse.
On s'approche, on combat... Le bataillon sacré,
Tout meurtri , tout sanglant, est repoussé du faîte ;
  L'étendard du prophète

Est foulé dans le sang du soldat massacré.

Mais alors de la plaine une foule innombrable
Accourt en grossissant son nombre formidable ;
Leurs efforts redoublés partent de tous côtés ,
Et partout leurs efforts sont encor repoussés ;
Partout de nos guerriers la valeur indomptable
Fait pleuvoir le trépas sous leur bras redoutable...

L'Arabe a cependant suspendu les combats.
Lelièvre autour de lui rassemblait ses soldats :
« Compagnons , leur dit-il , quelquefois la victoire
Refuse à la valeur ce qu'accorde la gloire...
Soldats, j'ai dans mon cœur un généreux dessein !
Jurons tous d'accomplir ce glorieux destin ;
Quand tout sera perdu , tout , jusqu'à l'espérance,
Quand nous ne pourrons rien pour notre délivrance,
Que le salpêtre en feu , s'élevant en éclats ,

En dispersant nos corps mette fin aux combats...

Vaincus, soyons encor dignes de la victoire;

Et si nous succombons, succombons avec gloire !

Je mourrai, compagnons, en ces lieux, avec vous... »

Un murmure confus redit : « Nous mourrons tous!.. »

Dans les airs cependant le signal des alarmes,

Éclatant à grand bruit, appelle encor : Aux armes !

Mais quel spectacle, ô Dieu ! s'offrait à leurs regards :

L'armée entière alors s'abat sur les remparts...

Douze mille guerriers, animés par la rage,

Honteux d'être vaincus, respirant le carnage,

S'avancent en poussant le hourra des combats.

La terre retentit sous le bruit de leurs pas;

Le canon, précurseur d'horribles funérailles,

Tonnant à coups pressés, renverse les murailles ;

De toutes parts on voit de nombreux combattants,

Et l'air est ébranlé de leurs cris menaçants :

On avance, on se presse, on les entoure... O France,

Pour tes fils, en ces lieux, il n'est plus d'espérance :

Dans leur faible réduit cernés de tous côtés,

Défendus par des murs à demi renversés,

Laissés là peu nombreux, sans secours, sans défense,

Lassés par une forte et longue résistance,
Entourés d'ennemis qui veulent leur trépas,
Tes enfants vont mourir... Non, ils ne mourront pas!
Non, ils ne mourront pas, car leur mâle courage
Les fera, glorieux, revivre d'âge en âge ;
Et leur noble valeur, immortelle à jamais,
A l'Afrique apprendra ce que sont des Français !

Les voyez-vous, cernés dans leur étroit espace,
Au péril qui les presse égaler leur audace,
Foudroyer l'ennemi qui les croyait vaincus,
Faire pleuvoir la mort dans leurs rangs confondus !
Leur troupe avec ardeur et charge et se rallie,
Sur les points attaqués vole et se multiplie ;
Et leurs coups incessants, qu'anime la valeur,
Portent partout le deuil, le doute, la terreur.
Mais l'Arabe, qu'irrite une longue défense,
De sa rage à leurs feux oppose la constance,
Monte, monte toujours par des efforts nouveaux,
Et là, sous les remparts, arbore trois drapeaux.

Bientôt de combattants une troupe fidèle

Autour de ces drapeaux succombe et s'amoncelle ;

Mais de tant d'ennemis toujours de nouveaux rangs

Se pressent à côté de ces corps expirants ;

Leur foule, qui s'avance ainsi que la tempête,

Déjà des faibles murs escalade le faîte...

Il s'agit de savoir, avant que d'en finir,

Du Maure ou du Français qui des deux doit périr...

Le glaive meurtrier dans les mains étincelle ;

Des vainqueurs, des vaincus, la foule encor se mêle.

On arrive, on se presse, on combat corps à corps ;

Nos braves, furieux, redoublent de transports...

En vain les ennemis, dans leur brûlant courage,

Luttent avec fureur, s'obstinent avec rage :

Partout tombent vaincus leurs impuissants efforts !

Et lorsque vint le soir, ils fuyaient dans la plaine,

       Entraînant avec peine

Leurs drapeaux tout sanglants, leurs blessés et leurs morts !..

Qu'un monument s'élève aux lieux où la victoire

Couronna la valeur de nos cent-vingt héros ;

Que le bronze sculpté conserve leur mémoire,
Et qu'en traits immortels on y lise ces mots :

« Du fond de ses déserts grossissant sa cohorte,
L'Arabe s'avançait déjà fier du succès ;
Une armée a cédé sous une faible escorte :
Là, DOUZE MILLE ONT FUI DEVANT CENT-VINGT FRANÇAIS !.. »

LIVRE QUATRIÈME.

LE MUSÉE DE VERSAILLES.

POÈME.

> Panthéon de héros, parle bien haut à l'ame ;
> Qu'il ne soit aucun cœur que n'inspire et n'enflamme
> L'aspect majestueux de tant de grands hauts faits !
> Que tous, voyant ces lieux que la gloire illumine,
> Sentent l'orgueil bondir au fond de leur poitrine,
> Et qu'ils soient fiers d'être Français !
> *Extrait de l'Ouvrage.*

Ils n'étaient plus ces jours de splendeur et de gloire

Où tout retentissait des cris de la victoire

Dans ce pompeux palais qu'habitait le grand Roi.

Déchu de sa grandeur et de son opulence,

Le fastueux séjour de la magnificence
D'un rigoureux destin avait subi la loi :
Versaille était désert !.. et, dans sa vaste enceinte,
Son grand Génie en pleurs pleurait sa gloire éteinte,
Et pleurait le long deuil de son triste avenir !
A peine quelquefois l'étranger solitaire,
Pénétrant dans ces lieux qu'habitait le mystère,
Évoquait du passé l'imposant souvenir.

Mais un jour qu'égaré sous le vaste portique,
Le poète inspiré, sur sa harpe ionique,
      Entonnait le chant des douleurs,
Sur ces débris pompeux déjà versait des pleurs,
Tout-à-coup du palais les voûtes s'ébranlèrent ;
Des portiques déserts les échos soupirèrent ;
Mille bruits inconnus... des sons mystérieux...
Troublèrent de ses chants la lugubre harmonie :
Et de la France alors le bienfaisant Génie
      Soudain apparut à ses yeux !
« Fils des Muses, dit-il, toi que les doctes veilles
Ont formé jeune encore à la langue des vers,

Je vais à tes regards montrer mille merveilles :

    Tu les diras à l'univers ! »

Le Génie, à ces mots, de son sceptre magique

    Frappe ces murs ébranlés par sa voix,

Et des fastes français le tableau fantastique

Étalait aux regards mille brillants exploits... [1] !

Et tandis qu'étonné de tous ces grands prestiges,

Le poète admirait les sublimes prodiges

    Qui renaissaient de toutes parts :

    « Regarde ! lui dit le Génie,

    Regarde ! enfant de l'harmonie :

    Reconnais-tu ces étendards ?

    « Vois-tu ces enseignes flottantes,

    Vois-tu ces belliqueux coursiers,

    Vois-tu ces haches reluisantes

    Qui brillent aux mains des guerriers ?..

    Déjà tout s'ébranle et chancelle,

    Déjà la victoire infidèle

---

[1] *Les notes ci-après indiquent les tableaux qui sont au Musée.*

Des Francs va trahir les drapeaux ;
Leur chef, qui les retient encore,
Lève au ciel son œil qui l'implore,
Et le ciel entend le héros [1] !

« C'est Clovis. — Déjà l'onde sainte
Coule ici sur son front vainqueur [2].
Regarde : Tours dans son enceinte
Le reçoit en triomphateur [3].

« Vois-tu ce convoi funéraire
Qui, morne, grave et solitaire,
Descend les marches des tombeaux ?
Dagobert ouvre la carrière
A tous les rois dont la poussière
Dormira sous ces froids caveaux [4].

« Là, dans la vieille basilique,
Qu'embellit un éclat nouveau,
Vois-tu ce soldat héroïque

[1] Bataille de Tolbiac.   [2] Baptème de Clovis.   [3] Entrée de Clovis à
Tours.   [4] Funérailles de Dagobert.

Que couvre le royal manteau ?

C'est Pepin : sa cour l'environne ;

Sur son front brille la couronne,

Et le ciel consacre ses droits [1].

En lui le courage respire ;

Son règne prépare l'empire

Du plus puissant de tous les rois.

« Il paraît !.. — Du sommet de ces hautes montagnes,

Comme un torrent impétueux [2],

Il fond sur ces riches campagnes

Et poursuit en vainqueur son cours majestueux.

Le diadème d'Italie

Couronne sa tête ennoblie [3];

Il reçoit sous ses lois le Lombard, le Toscan ;

Le rebelle Saxon reconnaît sa puissance [4],

Et son empire immense

Est pareil au vaste Océan !

[1] Sacre de Pepin-le-Bref. [2] Charlemagne traverse les Alpes.
[3] Charlemagne couronné roi d'Italie. [4] Soumission de Witikind.

« Là, dans les champs de l'Auxerrois [1],

Contemple ces grandes armées,

Qui, du feu des combats par leurs chefs animées,

Vont venger en ces lieux la querelle des rois;

Vois! dans son transport sanguinaire,

Le frère, armé contre le frère,

Combat, s'acharne avec fureur;

Et, dans sa rage frémissante,

Il couvre la plaine écumante

De sang, de carnage et d'horreur!

« Ici, c'est un chef intrépide

Qui défend la grande cité [2];

Devant lui le Normand avide

Recule enfin épouvanté.

« Là, des Français la noble audace

Dans leurs forêts repousse et chasse

---

[1] Bataille de Fontenoy en Auxerrois. [2] Eudes, comte de Paris,
fait lever le siège de Paris aux Normands.

Ces Germains long-temps redoutés [1] :
Tout cède à leur valeur puissante ;
Et des vaincus l'onde sanglante
Entraîne les corps mutilés... »

Le Génie, à ces mots, tout-à-coup s'arrêta :
Ses yeux vers l'Orient un instant se fixèrent ;
Des aspects inconnus par degrés se montrèrent,
Et sous un plus beau ciel un jour pur éclata !
On voyait des vaisseaux aborder au rivage [2],
De nombreux bataillons se former sur la plage ;
On voyait se mouvoir le casque et le turban,
Et le soldat chrétien, et le turc musulman ;
Les uns dans leur transport se ruaient aux batailles,
D'autres avec fureur défendaient leurs murailles.
Dans ce vaste conflit c'était tout l'Orient
Qui repoussait, armé, l'effort de l'Occident ;
Et le Génie alors, favorable interprète,
Signalant tous les lieux, instruisait le poète.

[1] Lothaire défait l'empereur Othon II sur les bords de l'Aisne.
[2] *Salle des Croisades.* — Débarquement des croisés en Égypte.

Sous Nicée [1] il montrait de nombreux combattants,

Et des preux chevaliers les hauts faits éclatants ;

Des Sarrazins vaincus les hordes innombrables

Fuyant de toutes parts sous leurs coups redoutables.

On voyait Antioche [2] ; et sur ses fiers remparts

Nos guerriers triomphants plantaient leurs étendarts.

C'était Jérusalem [3], la ville auguste et sainte,

Dont les Chrétiens vainqueurs envahissaient l'enceinte !

C'était Ptolémaïs [4], dont les murs ébranlés

Croulaient avec fracas sous l'effort des Croisés !

Plus loin, Constantinople [5], et puissante, et guerrière,

Voyait son fier croissant tombé dans la poussière,

Et l'étendard chrétien flottait sur ses créneaux !

De l'antique Orient les belliqueux échos

Semblaient se réveiller aux cris de la Victoire ;

Et des héros chrétiens tout redisait la gloire !

Cependant on voyait, à l'horizon lointain,

Des guerriers s'agiter, étinceler l'airain ;

[1] Bataille sous les murs de Nicée. [2] Prise d'Antioche, [3] de Jérusalem, [4] de Ptolémaïs, [5] et de Constantinople, par les Croisés.

On voyait une armée, et forte, et redoutable,
Tandis que des Français la phalange indomptable
Seule osait s'avancer contre tant d'ennemis !
Tout pliait devant elle ; et d'immenses débris
S'apercevaient au loin sur ce champ de carnage :
La victoire et la mort signalaient son passage.
Partout flottaient vainqueurs ses nobles étendards;
Ses nombreux ennemis fuyaient de toutes parts [1].
Ils fuyaient... Les Français, dans leur rage brûlante,
Couvraient de leurs débris cette plaine sanglante...

Mais bientôt apparut un plus sombre tableau :
C'était un roi mourant [2]; et des bords du tombeau,
Où l'entraînait sans cesse une lente souffrance,
Son regard expirant se tournait vers la France.
Et le Génie alors, avec un long soupir :
« C'est saint Louis, dit-il ; regarde, il va mourir !
La mort ferme ses yeux sur la terre étrangère.
D'un peuple qui l'aimait il fut toujours le père ;

[1] Bataille de Bouvines. [2] Mort de saint Louis à Tunis.

Sous un chêne [1], oubliant le vain faste des rois,
Lui-même il se rendait l'interprète des lois.
Monarque vertueux, il flétrissait le vice ;
Les rois dans leurs discords invoquaient sa justice [2] ;
Et quand retentissait le signal des combats,
Au milieu des périls il guidait ses soldats [3] !
Il meurt !.. il meurt aussi ce vaillant connétable [4],
Honneur du nom français, et guerrier redoutable :
Mais la victoire encor plane sur son tombeau,
Et le jour de sa mort est son jour le plus beau ! »

« Quelle est, dit le poète, en ce brillant séjour,
Cette vierge au front pur, à la face ingénue ?
Son vêtement modeste et sa simple tenue [5]
L'annoncent étrangère au faste de la cour :
Pourtant tout dit en elle une noble origine.
Le ciel aux grands desseins sans doute la destine... »

[1] Saint Louis rendant la justice sous le chêne de Vincennes. [2] Saint Louis, médiateur entre le roi d'Angleterre et ses barons. [3] Bataille de Taillebourg. [4] Mort de Duguesclin, et prise de Châteauneuf-Randon. [5] Jeanne d'Arc présentée à Charles VII.

Et le Génie alors, qui paraît s'attendrir :

« C'est son jeune talent qui brille et va mourir...

Le ciel, qui nous ravit cette fleur passagère [1],

Un instant seulement la fait voir à la terre !

Mais, avant de monter à l'éternel séjour,

Elle lègue au Français sa gloire et son amour ;

Un beau feu l'inspirait ; et son ame française

Peint celle qui chassa la faction anglaise,

Délivra son pays de leur joug odieux,

Et fit voir nos drapeaux partout victorieux !

Son cœur, à son insu, s'inspirant de sa flamme

Dans le port de la vierge a fait passer son ame ;

Elle a mis sur son front sa douce majesté,

Sa grâce si touchante et sa noble fierté :

Elle a peint Jeanne d'Arc !.. — Déjà de tous nos princes

L'héritage semblait perdu de toute part ;

Du royaume français les plus riches provinces

      Partout cédaient au Léopard.

---

[1] La princesse Marie, cet ange de douceur et de bonté, dont sa famille et la France ont si vivement déploré naguère la fin prématurée, joignait aux vertus les plus touchantes un talent remarquable pour la sculpture ; c'est elle qui a fait la statue de Jeanne d'Arc que l'on voit au Musée.

Elle paraît ! et déjà son courage

Relève encore et venge nos drapeaux !

Elle paraît ! partout sur son passage

Chaque soldat redevient un héros !

Reims a revu nos bannières flottantes [1],

Paris reçoit nos troupes triomphantes [2],

Et Bratelen voit nos soldats vainqueurs [3] !

Les fiers Anglais ont connu les alarmes,

Le Léopard s'enfuit devant nos armes,

Et Firmigny chasse ces oppresseurs [4] ! »

Et toujours le Génie, en magiques tableaux,

Faisait naître des lieux et des aspects nouveaux :

On voyait des combats, des sièges, des batailles [5] ;

Des exploits éclatants s'imprimaient au murailles :

Là, c'était ce grand roi, chevalier valeureux,

Qui dans son cours impétueux

Des Alpes franchissait les neiges éternelles [6] ;

[1] Sacre de Charles VII à Reims.   [2] Entrée des Français à Paris.
[3] Bataille de Bratelen, gagnée contre les Suisses.   [4] Bataille de
Firmigny.   [5] Batailles de Fournoue, d'Aignadel, de Ravennes.
[6] Passage des Alpes par François I.er

Plus loin on remarquait, et les troupes fidèles,

     Et les armes du bon Henry

Dont les drapeaux vainqueurs flottaient aux champs d'Ivry [1].

Partout des temps passés l'éclat semblait renaître,

     Partout on voyait apparaître

D'un peuple glorieux les fastes solennels,

     S'inscrivant en traits immortels !..

Des prodiges nouveaux tout-à-coup se montrèrent,

D'un éclat plus brillant les tableaux s'animèrent,

L'horizon resplendit ; grand et majestueux,

Le siècle de Louis paraissait à leurs yeux !

Le poète ravi contemplait en silence ;

Le Génie expliquant tout ce concours immense

De sièges, de combats, et d'exploits glorieux,

Redisait les hauts faits, et les noms et les lieux :

     « Contemple, au bout de la carrière,

     Ces drapeaux, ces guerriers, ces chars !

[1] Bataille d'Ivry.

11

Vois, parmi des flots de poussière

Crouler ces superbes remparts [1] !

C'est le grand siècle qui commence :

Ici tu vois sa gloire immense

Qui se lève sur l'horizon ;

De nos fastes page immortelle,

Dont la spendeur toujours nouvelle

Vivra d'un éternel renom !

« Là, Louis armé de la foudre,

Aux combats guide ses guerriers [2] ;

Il bat, renverse et met en poudre

Tous ces créneaux jadis si fiers !

Tout tremble aux coups de son tonnerre ;

Il foudroie, il tonne... et la terre

---

[1] *Siècle de Louis XIV.*—Bataille de Rocroy; siéges et prises de Binth, de Gravelines, de Thionville, de Sierck ; bataille de Fribourg ; prises de Baden, de Philippsbourg, de Courtray, de Dôle, de Mayence, de Landau, de Lichtenau, etc. [2] Siége de Steney, où Louis XIV fit ses premières armes. Prises du Quesnoy, de Cadaquès, de Besançon, de Gray, de Lille, de Buritk, de Scheuck, d'Eméric, de Nimègue, de Maëstricht.

Devant lui s'émeut de terreur !

Les murs ébranlés se renversent,

Et ses ennemis se dispersent,

Ou tombent aux pieds du vainqueur !

« O France ! ô nation puissante

Élève ton front glorieux,

Et vois ton étoile éclatante

Briller dans un ciel radieux !

Ton nom, que la gloire décore,

Est craint du couchant à l'aurore :

Tout au loin redit tes exploits [1] !

L'Europe tremblante s'étonne,

Et ton canon vainqueur, qui tonne,

Ébranle les trônes des rois ! »

Ces clartés cependant par degrès s'effacèrent,

---

[1] Bataille de Palerme ; prises de Saint-Omer, de Philippsbourg , de Manhein ; bataille de Cassel ; combat de Leuse ; prise de Roses ; bataille de Denin, etc.

Et des aspects nouveaux devant eux s'imprimèrent ;
Là, c'était Fontenay [1]; les Anglais dispersés
Devant nos étendards fuyaient épouvantés.
C'était Ostende en feu [2]... Sous l'effort de la bombe
Plus loin on voit Namur qui s'embrase et succombe.
Dans les champs de Lawfeld nos guerriers valeureux
A travers les périls marchaient victorieux [3];
De l'Escaut et du Rhin les rives mugissantes
Sous nos canons vainqueurs tonnaient retentissantes .
Et nos armes encor répandaient la terreur.

Bientôt, le front chargé d'une sombre douleur,
Un monarque apparut [4] . — Vers le sublime faîte
On croyait voir de loin s'avancer la tempête ;
Lui, toujours bienveillant, modeste, généreux,
Se hâtait de régner pour faire des heureux [5];
De ses nombreux sujets il se montrait le père,

---

[1] Bataille de Fontenay. [2] Prises d'Ostende, de Namur. [3] Batailles de Lawfeld, de Lutzelberg, de Berghen, d'Hastembech, etc. [4] Louis XVI. [5] Louis XVI abandonne les droits du domaine.

Et sa main bienfaisante allégeait leur misère [1].

Mais un abyme affreux s'entr'ouvrait sous ses pas,

Des signes précurseurs annonçaient son trépas...

Bientôt tout fut voilé par des crêpes funèbres;

L'horizon s'obscurcit dans d'épaisses ténèbres [2].

On entendait au loin des clameurs retentir,

On entendait des bruits et gronder et mugir...

C'était le bruit d'un char roulant dans un abyme,

C'étaient les cris plaintifs d'une grande victime...

Les sens étaient saisis et de trouble et d'horreur :

Tout semblait annoncer le crime et la terreur.

On eût dit le fracas d'un grand corps qui succombe,

Ou les éclats lointains d'un empire qui tombe...

Le Génie, attristé, morne, les yeux en pleurs,

Semblait s'abandonner à d'amères douleurs...

Par degrés cependant les ombres s'effacèrent,

De plus douces clartés dans la nuit se montrèrent :

On vit à l'horizon briller un jour plus beau,

[1] Louis XVI distribue des secours aux pauvres, en 1788. [2] La Révolution.

Et bientôt apparut un spectacle nouveau.

Le poète étonné : « D'où viennent ces alarmes ?

Quels sont ces bruits confus? pourquoi le peuple en armes?

Pourquoi cet appareil, ces chars et ces coursiers ?

Quel sont ces bataillons?.. où marchent ces guerriers ?..

  Quel est ?.. » —

  « O mon fils, c'est lui-même [1] !

C'est lui ! le plus grand des héros !

Contemple son front pâle et blême

Qu'ombragent ces nobles drapeaux !

Regarde! il paraît, il s'avance :

Partout la terreur le devance ;

La terre mugit sous ses pas !

L'Italie et tremble et s'embrase [2],

Et, sous sa foudre qui l'écrase,

Brille au loin du feu des combats.

---

[1] Bonaparte. [2] *Campagne d'Italie.* — Combat de Voltri ; batailles de Rivoli, de Montenotte, de Lonato ; combat de Dégo ; batailles d'Arcole, de Mondovi, Lodi, etc.

« Ici, vois ses aigles rapides,

S'emportant par delà les mers,

Qui planent sur les pyramides [1]

Et sur les sables des déserts.

Le Nil, qui s'épouvante et gronde,

Entraîne et roule dans son onde

Des corps et des débris sanglants.

C'est le Thabor [2] qui vit sa gloire !

C'est Aboukir [3] où la Victoire

Guida ses drapeaux triomphants !

« Comme un fleuve orageux, immense,

Qui s'enfle et s'accroît en courant,

Ainsi chaque jour sa puissance

S'élève et grandit en passant.

Des sommets de ces monts sauvages [4],

Rapide, il fond sur ces rivages

---

[1] *Campagne d'Égypte.* — Batailles des Pyramides, de Sedinam ;
combat de Benouth ; révolte du Caire ; combat d'Aboumana ; batailles
de Chebreisse, [2] du Thabor, [3] d'Aboukir. [4] *Seconde campagne
d'Italie* — Passage du grand Saint-Bernard.

Fumants des coups qu'il a frappés [1] !
Partout, sous son canon sonore,
Ses ennemis tremblent encore,
Ils fuient... ou tombent foudroyés [2] !

« Le trône était vide : — il s'élance !
Et de son bras victorieux
Imprime au destin de la France
Un essor grand et glorieux !
En vain l'Europe conjurée
De toute part s'est soulevée,
Armant contre lui son courroux :
Son génie, ardent météore,
Partout combat, triomphe encore ;
Et l'Europe est à ses genoux [3] !

« Déjà la sauvage Russie [4]
A reçu ses nombreux guerriers ;

---

[1] Bataille de Montebello, [2] de Marengo. [3] *L'Empire.* — Sacre de l'empereur Napoléon ; batailles d'Austerlitz, d'Iéna, d'Eylau, de Friedland, d'Eckmul, d'Esling. [4] *Campagne de Russie.* — Passage du Niémen ; batailles de Smolensk, de Polotsk, de la Moscowa.

Le sol de l'antique Scythie

A bondi sous ses fiers coursiers.

Chaque jour ajoute à sa gloire;

Il court de victoire en victoire :

Tout au loin fuit devant ses pas !

Tout fuit!.. Mais, faveur inconstante !

Bientôt son étoile brillante

Pâlit dans les sombres frimas.

« Comme on voit aux champs de la Thrace

Un lion, terreur des forêts,

S'animer d'une noble audace

Des chasseurs s'il voit les apprêts :

Tel, quand des nations puissantes

Contre lui marchent menaçantes,

Et profanent le sol français [1],

Il se lève ! il les bat encore ;

Partout sa foudre les dévore :

Il frappe. — Et tombe pour jamais!.. »

---

[1] *Campagne de France.* — Combat de Champ-Aubert; bataille de Montmirail, de Montereau. Napoléon signe son abdication à Fontainebleau.

Et puis la paix régnait [1], des cieux fille immortelle ;
L'abondance et les arts renaissaient autour d'elle ;
La France était heureuse en sa fécondité :
Tout redisait sa gloire et sa prospérité!

Cependant on voyait, en de lointains rivages,
Nos étendards flotter sous le ciel des Pélages [2];
On voyait Navarin [3], dont le canon vainqueur
Annonçait à la Grèce un jour libérateur,
Et de sa servitude enfin brisait la chaîne.

Plus loin on remarquait, sur la plage africaine,
En ordre s'avancer de nombreux bataillons [4],
L'Arabe s'agiter en mouvants tourbillons ;
Nos soldats, qu'animait un généreux courage,
A travers les périls se frayaient un passage.

Fière de sa puissante, assise au bords des mers [5],

---

[1] Louis XVIII aux Tuileries. [2] Entrée des Français à Madrid ;
Trocadéro ; Llers ; bombardement de Cadix. [3] Bataille de Navarin.
[4] Débarquement des Français à Sidi-Feruch ; bataille de Staouli.
[5] Alger attaqué par mer ; prise du fort de l'Empereur.

On voyait s'élever la reine des déserts ;

Le signal est donné ! Le canon des batailles,

Tonnant à coup pressés, ébranle ses murailles ;

Sur ses murs nos guerriers montent de toutes parts,

Et le drapeau français flotte sur ses remparts [1] !

Cependant la tempête, au loin retentissante,

Furieuse grondait, s'agitait mugissante [2] ;

Tout un peuple en fureur, dans la grande cité,

Se ruait aux combats aux cris de : « Liberté ! »

Mais, comme on voit parfois dans le fort de l'orage

Un soleil radieux dissiper le nuage,

Et ramener le jour et plus calme et plus beau,

Un monarque apparut sur un trône nouveau [3].

Bientôt à son aspect les discordes cessèrent ;

Les bruits et les clameurs par degrés se calmèrent :

La France entre ses mains confiait tous ses droits [4],

Et mettait sur son front la couronne des rois.

[1] Entrée des Français à Alger. [2] Journées de Juillet 1830. [3] Arri-
vée du duc d'Orléans au Palais-Royal. [4] La Chambre des Députés
présente au duc d'Orléans l'acte qui l'appelle au trône.

Et le Génie alors : « Sous ses lois tutélaires
La France reverra des destins plus prospères ;
Par lui refleuriront les beaux arts et la paix,
Et son nom aux Français sera cher à jamais ! »

Comme il disait ces mots, les portiques frémirent [1] ;
Les portes, à grand bruit, devant eux s'entr'ouvrirent ;
Et de héros alors un concours glorieux
Dans sa majesté grave apparut à leurs yeux !

Et toujours le Génie : « En ce grand sanctuaire
Tu vois tous les grands noms que la France révère ;
En eux respire encor une noble fierté :
Leurs exploits éclatants composent leur couronne,
Et leurs fronts radieux, que la gloire environne,
            Rayonnent d'immortalité !

« Salut à vous, l'orgueil de la grande patrie !
Salut, hommes fameux, dont le puissant génie
Éleva jusqu'au ciel son vol audacieux !

---

[1] Les galeries de statues et de portraits.

Et vous tous qui brillez des splendeurs de la gloire,
Et vous qui sur vos pas entraîniez la victoire,
      Salut, ô héros glorieux !

« Ici, tous vos grands noms, révérés d'âge en âge,
Du temps et de l'oubli ne craindront plus l'outrage !
Les peuples vous verront dans leurs jours solennels ;
La toile redira votre gloire si belle
Et vos nobles exploits ; et le marbre fidèle
      Gardera vos traits immortels !

« Panthéon de héros, parle bien haut à l'ame ;
Qu'il ne soit aucun cœur que n'inspire et n'enflamme
L'aspect majestueux de tant de grands hauts faits !
Que tous, voyant ces lieux que la gloire illumine,
Sentent l'orgueil bondir au fond de leur poitrine,
      Et qu'ils soient fiers d'être Français !

« Peut-être un jour, errant sous ces vastes portiques,
Et portant dans le cœur ces élans prophétiques
Qui présagent toujours quelque grand avenir,
Plus d'un jeune héros, voyant ces grands modèles,

Fera revivre encor leurs vertus immortelles,
S'inspirant de leur souvenir ! »

Le Génie avait dit : et ; déployant ses ailes,
Il reprit son essor au séjour éternel ;
Et mes vers, de sa voix interprètes fidèles,
Ont redit son chant immortel.

LE RETOUR ET LES FUNÉRAILLES.

> Je désire que mes cendres reposent sur
> les bords de la Seine, au milieu de ce
> peuple français que j'ai tant aimé.
> *Testament de* NAPOLÉON.

Il régnait!.. Et son nom, redouté dans le monde,
Ébranlait les états dans leur base profonde ;
L'univers l'admirait, attentif, incertain ;
L'Europe au loin tremblait sous sa marche terrible ;
Tout pliait sous ses lois… et sa voix invincible

Semblait commander au destin !

Jamais nom qu'illustra la suprême puissance
N'atteignit, sur la terre, un pouvoir plus immense;
Jamais rien de plus grand ne parut sous les cieux :
Son génie éclatant du couchant à l'aurore
Brillait dans un ciel pur, sublime météore,
   Ainsi qu'un astre radieux.

L'orage s'éleva... Mais, dans ce grand orage,
De ses braves parut l'indomptable courage :
C'était... c'était le jour suprême et solennel...
La foudre de son trône, hélas ! brisait le faîte,
Et, dans les tourbillons de l'horrible tempête,
   Un cri retentit immortel !

Puis on ne vit plus rien de sa gloire éclipsée,
Que les vastes débris de sa grandeur passée ;
Qu'un aigle s'abîmant dans les hauteurs des cieux ;
Qu'une infortune amère infinie et profonde ;
Qu'un nom sonore et grand, qui restait dans le monde
   Pour vivre à jamais glorieux !

Puis on ne vit plus rien... qu'une grande victime
Qui gravissait un roc qu'entoure un vaste abyme,
Monument éternel et de gloire et de deuil :
Aux rayons pâlissants de son brûlant génie,
Le héros commençait cette lente agonie
      Qui devait finir au cercueil...

Un jour l'écho plaintif de ces lointaines plages
Vint mourir, en grondant, sur nos tristes rivages,
Annonçant à l'Europe un grand arrêt du sort...
Et les vieux compagnons de ses jours de victoire
Célébraient en pleurant son nom et sa mémoire;
      Et chacun disait : « Il est mort!... »

« Il est mort! et le deuil a fini sa carrière;
La terre de l'exil pèse sur sa poussière;
Et là s'est terminé cet empire si beau !
Son nom n'a plus d'écho que dans sa grande histoire;
Et sur ce sol français, qu'il a couvert de gloire,
      Il n'aura pas même un tombeau! »

12

Et la France attendait, attristée et muette ;
Et toujours ses regards, dans sa douleur secrète,
Se tournaient vers ce roc, objet de ses regrets ;
Et les flots mugissants de ces lointains parages
Revenaient se briser sur nos tristes rivages,

     Et semblaient murmurer : « Jamais... »

     Mais quels chants se sont fait entendre ?
     Quels cris ont soudain retenti ?
     Une voix vient de nous surprendre,
     Et mille voix ont applaudi :
     Il reviendra !.. Cri d'espérance,
     Auquel soudain toute la France
     A répondu par des transports !
     Des bords de la terre étrangère
     Bientôt son illustre poussière
     Viendra reposer sur nos bords !

Partez, noble enfant de la France !
Volez vers ces climats lointains !

Hâtez ce jour de délivrance
Qui fut marqué par les destins !
Qu'un vent propice enfle vos voiles,
Touchez, guidé par les étoiles,
Ces bords par l'exil consacrés !
Que des rives de Sainte-Hélène
Un heureux souffle nous ramène
Ces restes long-temps désirés !

Oh ! quels secrets discours, quel langage sublime
Te tiendra sa grande ombre, alors que sur l'abyme,
La nuit, au sein des mers, voguera ton vaisseau !
Ton cœur s'inspirera de sa grande mémoire ;
Et quels nobles pensers d'héroïsme et de gloire
        S'élèveront de ce tombeau !

Ah ! ne l'attaquez pas, car le chef qui le guide,
Foudroyant vos sabords, passerait intrépide ;

Son vaisseau contre vous deviendrait un volcan :
Et si, contre le nombre, il ne peut le défendre,
Il ira l'engloutir, plutôt que de se rendre,
    Au fond de l'immense Océan...

        .   .   .   .

    .   .   .   .

        Mais des cris partent de la plage,
        Mille échos les ont répétés ;
        Le navire aborde au rivage
        Sillonnant les flots azurés :
        Partout un grand peuple se presse,
        Partout le cri de l'allégresse
        Vient se mêler aux chants de deuil :
        Et, dans sa marche triomphale,
        Partout la pompe impériale
        Accompagne encor son cercueil !

Il arrive ! c'est lui ! le fils de la victoire !
Il vient, comme aux grands jours, entouré de sa gloire.

Rois, calmez vos terreurs, son bras n'est plus armé :
De ce rocher lointain, qui sur l'Océan plombe,
Il vient reconquérir le repos de la tombe
      Parmi son peuple bien-aimé.

Calmez-vous : c'est ici son triomphe suprême...
Sur ce front, où brilla l'éclat du diadême,
L'ennemi trop long-temps avait marqué ses pas.
Hélas ! il est bien mort, et mort sans espérance,
En retrouvant encor ce sol chéri de France
      Puisqu'il ne se réveille pas !..

Entendez-vous le bronze des batailles
Par son bruit sourd éveillant les échos ?
C'est le canon pleurant ses funérailles ;
A nos regrets il mêle ses sanglots.
Ainsi jadis, lorsque sa main puissante
Avait brisé, sur la plaine fumante,
Tant d'ennemis que son bras foudroyait ;
Quand le héros, d'éclatante mémoire,

Rentrait encore, après une victoire,
Sa grande voix au peuple l'annonçait.

Et le peuple accourait, couvrant au loin la plaine ;
Pour contempler encor sa grandeur souveraine,
Vous eussiez vu la foule à grand flots se presser :
Tous portaient dans leur sein l'élan patriotique,
Et tous, le cœur rempli d'une pensée unique,
Regardaient le convoi passer.

Oh ! que ce jour fut beau !.. Ce fut un jour de gloire
Dont Paris bien long-temps gardera la mémoire !
L'Aigle semblait planer en son vol radieux !
En voyant s'avancer cette pompe magique,
On eût cru voir encor la théorie antique,
Élevant un mortel au rang des demi-dieux !

C'étaient les colonnes brillantes ;
C'étaient les coursiers bondissants ;

C'étaient les armes éclatantes,

Et les drapeaux flottant aux vents :

Leur nombre, qui passe et se presse,

Défilait, défilait sans cesse

Par escadrons, par bataillons;

Et, dans cette marche célèbre,

Partout la musique funèbre

Se mêlait aux cris des clairons.

On dit qu'un pur rayon, près de l'arc de l'empire,

Des épaisses vapeurs vint dissiper les flôts,

Et que le ciel sembla sourire

A ce triomphe du héros!..

Et la foule admirait ce cortège innombrable

D'hommes, de coursiers et de chars;

Ces phalanges, ces étendards,

Dont l'ordre s'avançait, imposant, redoutable,

Et de Paris charmé regagnait les remparts;

Elle admirait surtout ces débris héroïques

De nos immortels bataillons,

Ces restes de nos légions,

Dont les exploits, pareils à ceux des temps antiques,

Devant la France avaient courbé les nations...

Vingt ans ils l'ont suivi sur les champs de batailles ;

Sous ses ordres cent fois ils ont bravé la mort :

Maintenant ils viennent encor,

Près de tomber aussi, suivre ses funérailles,

Et, le cœur plein d'un juste orgueil,

Ajouter une larme à l'éclat de son deuil...

Oh! quels beaux souvenirs formaient son auréole !

La foule redisait tant d'exploits glorieux :

Ils paraissaient tous à leurs yeux,

Éclatants, radieux... Et l'un disait : — Arcole !

L'autre: — Austerlitz ! Wagram! Iéna ! champs d'honneu

Où, sous les coups de sa puissance,

Vingt fois il foudroya l'ennemi de la France...

Et tous, tous disaient : — L'Empereur !!!

L'Empereur! —Nom sublime et de gloire immortelle,
Dont la splendeur ira , plus brillante et plus belle,
 D'âge en âge dans l'avenir !
Nom pareil aux grands noms qu'aux fastes de mémoire
Un siècle inscrit à peine, et qui , dans notre histoire,
 Vivra d'éternel souvenir.

Nom qui dit à lui seul tout l'éclat de la France ,
Sa force , sa grandeur et sa magnificence !
 Vingt monarques humiliés !
Lorsque reine du monde elle couvrait la terre
Du bruit de ses exploits, et qu'à son cri de guerre
 L'Europe tremblait à ses pieds !..

De ma grande patrie, ô phase glorieuse !
Tu renaissais alors brillante et lumineuse ,
Resplendissant encor d'un lustre tout nouveau !
Son génie éclatant, qu'un prestige colore,
Sublime apparaissait, comme un beau météore
 Planant par-dessus son tombeau !

Partout de vifs transports accueillaient son passage...
On célébrait surtout ce héros au jeune âge
Dont le nom à son nom s'associe à jamais ;
Un seul cri, s'élevant dans cette foule immense,
Au loin retentissait : « Gloire à ce fils de France !
      Honneur à ce cœur tout français !.. »

Et le char s'avançait, triomphal, magnifique,
Ce char qui renfermait la poussière héroïque
Du plus grand des mortels par notre âge enfanté.
En vain la pourpre, l'or, à l'envi le décore :
Un puissant souvenir l'entoure mieux encore
      De splendeur et de majesté !

Tout près on remarquait, digne et touchante image,
Ces compagnons d'exil dont le noble courage
Du captif expirant soulageait la douleur :
Ils rehaussaient l'éclat des pompes solennelles,
Eux qui dans tous les temps se montrèrent fidèles
      A la gloire comme au malheur.

Mais quel nouveau concours autour de lui rayonne ?
Quelles ombres soudain se lèvent à la fois ?..
      Ce sont des héros et des rois
Dont le cortège illustre en ce lieu l'environne.
Voyez ! Charles-Martel, Charlemagne, Clovis,
Et le bon Henri quatre et le grand roi Louis,
De leurs froids monuments secouant la poussière,
A la pâle lueur des magiques flambeaux,
Viennent l'associer à leur gloire dernière,
Et l'introduire ensemble aux honneurs des tombeaux !

O vous que du passé la splendeur illumine,
Orgueil du nom français ! vous tous, héros et rois,
Oui, vous fûtes bien grands ! mais son grand nom domine
      Et votre nom et vos exploits !

On dit que, près d'entrer sous les voûtes antiques,
Le char qui renfermait ses augustes reliques,
Resplendit tout-à-coup d'une vive clarté ;
Et que, près de monter au nouveau Capitole,

Sa gloire lui formait une grande auréole,
　　Aurore d'immortalité !

Ah ! laissons en ce jour les discords politiques...
Que tous les cœurs français, comme aux fêtes antiques,
S'unissent pour louer un triomphe si beau !
Si quelque souvenir obscurcit sa mémoire,
La mort efface tout... Ne voyons que la gloire
　　Qui brille sur ce grand tombeau.

Sur le dôme élevé, que l'aigle au vol rapide
Plane sur ce cercueil, nouvelle pyramide;
Que tout inspire à l'ame un grand recueillement.
Là, placez les drapeaux de vingt rois, ses esclaves;
Que tout soit gloire et deuil; que quelquefois des braves
　　Errent autour du monument.

O vous tous qui venez dans cette auguste enceinte,
Approchez : du héros, là, dort la cendre éteinte...
De tant de grands exploits voilà le grand écueil !
Qu'un saint frémissement vous dise sa présence :

Puis, inclinant vos fronts, écoutez en silence
    La voix qui sort de ce cercueil...

Il redit, ce cercueil, à la France oublieuse,
De son plus beau passé l'histoire glorieuse ;
Les saintes lois dressant leur antiques autels ;
L'ordre dans le cahos, l'équité renaissante ;
Et la religion, proscrite et gémissante,
    Reprenant ses droits immortels.

Il redit les combats et vingt ans de victoire ;
Notre noble patrie, aux beaux jours de sa gloire,
S'élevant grande et forte entre les nations ;
Mère des lois, des arts, en lumières féconde,
Comme un phare éclatant dominant sur le monde
    Qu'elle inondait de ses rayons !

Puis il redit l'exil, la peine, la souffrance,
Et ce regard d'adieu qu'il tournait vers la France,

Alors que sa grande ame en secret s'exhalait,
Quand cet astre éclipsé, terminant sa carrière,
Expiait dans le deuil et la douleur amère
      Ce grand passé qu'il nous léguait.

Gloire et paix à ta cendre, ô majesté suprême !
Comme ces morts fameux, qu'a ceints le diadême,
Viens reprendre ce rang qui t'était consacré :
Captive trop long-temps sur la terre lointaine,
Que ta cendre ait enfin, sur les bords de la Seine,
      Ce repos qu'elle a désiré.

Ton ombre veillera sur la ville éternelle,
Et la protègera, puissante sentinelle,
Contre tous les revers que garde l'avenir ;
Nos guerriers s'en viendront, en quittant ces murailles,
S'inspirer, ô héros, la veille des batailles,
      A ton immortel souvenir !

Et vous, peuples vaincus par nos armes puissantes,
Gardez-vous d'oublier nos marches triomphantes,
Et de vouloir flétrir notre éclatant renom ;
Car les Français alors , dans le fort de l'orage ,
Retrouveraient encor tout leur ancien courage
        Au tombeau de Napoléon !!!

L'OMBRE DE NAPOLÉON

SUR

LE CHAMP DE BATAILLE DE WATERLOO.

—◦—◦❦◦—◦—

VISION FANTASTIQUE,

—◦—◦❦◦—◦—

A M. BRUN DE VILLERET,

Lieutenant-général et Pair de France.

Déjà l'astre du jour, terminant sa carrière,
S'inclinait sous les monts, tout brillant de lumière,
Et ses derniers rayons, pâlissant par degrés,
Retiraient lentement leurs mourantes clartés.

A cette heure de calme, où l'ame recueillie
Aime à jouir en paix de sa mélancolie,
A rêver, aux clartés du jour pur qui s'éteint,
A voir ces feux mourants dont l'occident se peint,
Je visitais, rêveur, cette plaine célèbre
Où pèse un souvenir et sanglant et funèbre...
Ces champs de Waterloo d'où la Victoire en pleurs
S'exila, nous léguant d'éternelles douleurs.

Et le jour s'effaçait ; et la nuit, lente et sombre,
Par degrés redoublait le voile de son ombre :
Et moi, le cœur rempli de pensers douloureux,
J'allais interrogeant ces mânes belliqueux ;
J'errais de tombe en tombe, et mon ame oppressée
Au jour du grand désastre égarait sa pensée :
« C'est ici, me disais-je, oui, c'est en ce lieu même
Que notre grande armée, à son heure suprême,
Quand tout fut consommé pour son grand avenir,
Sous les feux ennemis s'avança... pour mourir.
Ici de nos héros la phalange immortelle,

Quand sonna du destin une heure solennelle,
Quand l'ennemi sanglant lui montra le trépas,
Mourut en combattant, et ne se rendit pas ;
Et dans ce jour suprême, expirant dans sa gloire,
D'un grand moment de plus honora son histoire !

« Paix aux morts : paix à vous, ô mânes glorieux,
Mânes de ces guerriers, dont le sang généreux
Ici rougit le sol de la plaine fumante.
Quand sous les coups du sort la patrie expirante
Vit pâlir au couchant son astre radieux ;
Quand son aigle immortel s'abymait dans les cieux,
Alors, vous dévouant, héroïque hécatombe,
Vous invoquâtes tous la gloire de la tombe :
Et la tombe sur vous se ferma pour toujours !.. »

Ainsi de mes pensers en poursuivant le cours,
J'avais atteint le front de la large colline,

D'où l'œil domine au loin la plaine qui s'incline ;
Je m'assis, attendant les visions de la nuit...

Dans l'éther spacieux l'ombre régnait : nul bruit
Ne s'entendait au loin sur cette plaine immense ;
Partout régnait la nuit et partout le silence ;
Un calme solennel planait sur ces tombeaux ;
Du firmament voilé les nocturnes flambeaux
Laissaient tomber dans l'ombre une clarté mourante ;
Et parfois, s'élevant la brise frémissante,
Autour des monuments où l'on l'entend gémir,
Semblait, en expirant, exhaler un soupir...

Ces lieux, ces souvenirs, cette nuit solitaire ;
Ce vaste champ de mort qu'ensanglanta la guerre ;
L'éclat des temps passés, l'oubli du temps présent ;
Cette heure de silence et ce calme imposant ;
Ce sol qui vit flétrir nos aigles dispersées...

Tout disposait mon ame à de graves pensées ;
Et bientôt , inclinant ma tête sur ma main ,
Je rêvais, méditant sur les coups du destin.

C'était à pareil jour : la bataille sanglante
S'agitait en ces lieux, terrible , mugissante ;
Le clairon des combats partout retentissait ;
Sous les canons tonnants la terre au loin tremblait ;
Des guerriers en fureur les cohortes puissantes
Se heurtaient , combattaient, et tombaient expirantes ;
Et les cris des vainqueurs, et les cris des vaincus,
S'élevaient dans les airs, mêlés et confondus.
Et maintenant tout dort.. L'agneau , près de sa mère ,
Broute en paix le gazon qui croît sur leur poussière ;
Le pâtre, sur le soir, ramenant ses troupeaux ,
Redit son chant d'amour autour de ces tombeaux ;
Et le vent qui gémit dans la funèbre enceinte ,
Seul , ici , quelquefois fait entendre une plainte.

.   .   .   .
.   .   .   .

« Vous êtes donc tombés indomptables guerriers !
Vous avez vu flétrir vos immortels lauriers !
Mais dans ce lieu qui vit vos armes impuissantes
N'aperçoit-on jamais vos ombres gémissantes ?
Dans le calme des nuits ne les entend-on pas
Redemander encor les chances des combats ?
Si l'heure de minuit est l'heure des fantômes,
Si l'on vit quelquefois les mânes des grands hommes
Apparaître en des lieux marqués par le malheur,
En longs gémissements exhaler leur douleur,
Dans ce lieu trop célèbre, où pâlit votre gloire,
Ne venez-vous jamais accuser la victoire ?.. »

Et mon esprit ému par degrés s'exaltait ;
Dans un secret transport mon ame s'enflammait ;
L'imagination, puissance fantastique,
Évoquant des tombeaux une cendre héroïque,
De mes sens imparfaits arrachait le bandeau,
Et semblait m'introduire en un monde nouveau ;
Déjà s'accomplissait cet étonnant prestige

Qui devait à ma vue offrir un grand prodige...

L'horloge du village avait sonné minuit,
Et ce bruit triste et lent, dans l'ombre de la nuit,
Se prolongeait au loin sur cette vaste plaine ;
Tous les vents apaisés retenaient leur haleine :
Seulement du hibou les funèbres accords
D'heure en heure troublaient le silence des morts.
J'étais ému... pressé d'une attente incertaine...
Pressé d'une terreur vague mais souveraine...
Et tout-à-coup je sens redoubler ce tourment ;
Tout mon corps est saisi d'un secret tremblement...
Un bruit... un bruit s'entend dans le profond silence...
Et, devers l'occident, je vois une ombre immense
Qui s'avance à grands pas jusque sur un côteau
Qui s'élève au milieu des champs de Waterloo,
Et là, quelques instants, laisse égarer sa vue
Sur tous les points lointains de la vaste étendue...
O Dieu ! quel fut alors mon trouble et mon effroi,
Quand son ombre soudain se dressa devant moi !

Je le vis : c'était lui !.. Son port et son visage
Présentaient du grand homme une frappante image !
Mais, pareil à l'écueil qui domine les flots,
Sa taille est maintenant la taille d'un héros ;
Du fond de son tombeau, sa grande ombre exhumée
Semblait avoir grandi comme sa renommée :
Et, dans l'épaisse nuit, sous un ciel ténébreux,
Je croyais voir autour de son front radieux
Un rayon de lumière, auréole immortelle,
Reflet brillant et pur de sa gloire éternelle !
Il était là, debout... ses avides regards,
Avec un long soupir, erraient de toutes parts...
J'observais en silence, et mon ame inquiète,
Haletante, hésitait dans sa terreur muette...
Lui, toujours s'agitant, cherchait avec souci,
Et sa voix tout-à-coup murmura : « C'est ici !..
Malheur! malheur! malheur! Oui, c'est là cette plaine
Qui vit s'évanouir ma grandeur souveraine :
C'est là qu'après vingt ans de gloire et de combats,
L'abyme du revers s'entr'ouvrit sous mes pas !
Là, s'éteignit dans l'ombre un jour sans espérance;
Là, je vis s'abymer ma gloire et ma puissance;

Là, tombaient foudroyés mes nombreux bataillons..

Rends-moi, terre, rends-moi mes braves légions !..

Ah ! l'armée, en ce jour de funeste mémoire,

Ne trahit pas son chef que trahit la victoire !

Hélas ! il m'en souvient, mes braves indomptés,

Par les feux ennemis cernés de tous côtés,

Combattaient en lions, mouraient pour ma défense,

Et de leurs corps sanglants couvraient encor la France.

Long-temps de leur valeur l'effort impétueux

Balança la victoire, et le sort, et les Dieux !!!

Mais tout devait périr dans cet affreux orage...

Compagnons malheureux de mon triste naufrage,

Sous ce sol trop fameux vous dormez pour toujours...»

— Et le sanglant écho répéta : « Pour toujours!.. » —

« Mais vos noms illustrés ne sont qu'à leur aurore,

Dans un long avenir ils revivront encore ;

On saura par quel prix vous avez acheté

Cet éclatant renom de l'immortalité :

Transmise aux nations, votre gloire immortelle

Dans les âges futurs vivra toujours nouvelle.

Pour garder leurs exploits, trois peuples en ces lieux

Ont construit, à grands frais, des tombeaux fastueux,

Et tous ces blocs massifs, et ces grands mausolées,
Ces cippes orgueilleux, ces superbes trophées
Un jour s'écrouleront sous la faux du trépas;
Un jour ils périront... Vos noms ne mourront pas! »

Il se tut quelque temps, et sa tête oppressée
Semblait suivre le cours d'une triste pensée;
Il tournait vers la France un regard douloureux;
Son large front courbé s'inclinait soucieux,
Comme si, même après le jour où l'on succombe,
Les regrets d'ici-bas survivaient à la tombe;
Un amer souvenir semblait charger son cœur,
Et sa voix lamentable exprimait la douleur:
« Toi que j'ai tant aimée, ô noble et belle France!
O patrie! ô séjour de gloire et de vaillance!
Te voit-on grande et forte, et sans divisions?
Te nomme-t-on encor reine des nations?
De ton grand Empereur gardes-tu la mémoire?
Es-tu digne toujours de ton ancienne gloire?
Ah! puisses-tu long-temps jouir des plus beaux jours!

Je rentre chez les morts... Adieu.. c'est pour toujours.»

Et du coq matinal au loin la voix sonore
Éclatait dans les airs pour annoncer l'aurore;
Déjà s'éclaircissaient les voiles de la nuit :
Soudain vers l'occident l'ombre s'évanouit...

Et l'aube blanchissante éclairait nos rivages;
L'aurore apparaissait sur son char radieux;
Et le soleil, perçant un rideau de nuages,
  Reprenait son cours vers les cieux.

DISCOURS

SUR

CETTE QUESTION :

Quelle a été l'influence des Croisades sur la littérature
provençale et sur la littérature française?

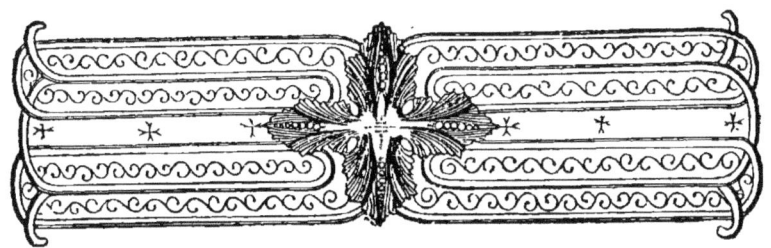

DISCOURS

CETTE QUESTION :

Quelle a été l'influence des Croisades sur la littérature provençale et sur la littérature française?

> Le Christianisme a civilisé les peuples;
> et quand les peuples méconnaîtront ce
> principe sacré, ils finiront par retomber
> dans la barbarie d'où le Christianisme les
> avait tirés.

DE tous les privilèges que la providence a accordés à l'homme, le plus précieux sans doute est celui de pouvoir communiquer sa pensée par la parole, et d'en perpétuer le souvenir par des signes généralement convenus. Cet heureux privilège renfermait le germe de la civi-

lisation, puisqu'il était l'expression de l'intelligence,
et que les siècles passés, en transmettant aux siècles à
venir le fruit de leur expérience, devaient accroître
insensiblement le riche héritage de la pensée, et grossir ainsi le trésor des connaissances, source féconde
de lumières, de civilisation et de bien-être pour les
peuples qui se succédaient.

Mais il semblerait que ce germe ne devait être
développé que par les orages ; qu'il fallait les grandes
commotions politiques ou populaires pour féconder
la pensée, et que la littérature elle-même, selon l'arrêt prononcé dès le commencement par la sagesse
éternelle, ne devait être acquise à l'homme qu'à la
sueur de son front.

Aussi voyons-nous les grandes commotions qui ont
agité les peuples, exercer une influence plus ou moins
puissante sur les grandes institutions en général, et
sur la littérature en particulier. Celle-ci, comme un
miroir fidèle, réfléchissant les mœurs des peuples qui
se trouvaient sur son passage, devint, pour ainsi dire,
féconde par leurs malheurs ; se réjouit de leurs joies,
pleura sur leurs douleurs ; et, subissant ainsi les
diverses modifications que lui imprimaient les circonstances, s'enrichit d'âge en âge des trésors du
passé.

'Telle on la vit, chevaleresque et guerrière, célébrer

les exploits et les hauts faits d'armes des paladins et
des preux chevaliers, aux premiers âges de nos annales littéraires; dans des temps moins éloignés de nous,
revêtir en quelque sorte la pompe et la magnificence
du grand siècle dans sa prose élégante et noble, dans
ses harangues éloquentes et dans sa poésie pleine de
charme, d'élévation et d'harmonie. Et naguère encore,
quand les passions politiques se déchaînèrent, ne la
vit-on pas orageuse, mugissante, échevelée, comme
ces passions dont elle était l'expression et l'organe,
faire retentir sa voix tonnante du haut de la tribune
aux harangues, se reproduire sous toutes les formes,
et subir et hâter elle-même cette impulsion puissante
et terrible qui était celle de son temps ?

Il est donc vrai de dire qu'aux diverses époques qui
nous ont précédés la littérature a toujours été modifiée
par les circonstances ; qu'elle a subi l'influence des
grands évènements qui ont agité la société, et que cette
influence a été d'autant plus grande et d'autant plus
profonde, que les évènements accomplis ont été plus
considérables et plus importants.

Toutefois, nous aimons à le dire ici, il est encore
une autre cause qui a exercé une heureuse influence
sur la littérature. On a vu, de loin en loin, dans les
siècles passés, des personnages éminents consacrer
leurs loisirs à l'étude des lettres, les encourager par

14

leur exemple, et plus encore par leur crédit ; fonder des académies, et établir ainsi des germes heureux, que le temps devait à la longue féconder et murir.

Gloire à eux ! gloire à vous surtout, Clémence Isaure, dont le nom s'associe d'une manière si touchante et si glorieuse à cette célèbre solennité ! Supérieure à votre sexe par vos talents, vos connaissances et vos vertus, vous avez compris que favoriser la culture des beaux-arts c'était faire du bien aux hommes ; vous avez été l'amie des lettres, vous vous êtes montrée leur bienfaitrice ; et les lettres, par un juste retour, transmettront votre nom honoré aux siècles à venir : les noms des reines qui ont occupé le trône s'effaceront de la mémoire des hommes ; les monuments les plus durables s'écrouleront sous la faux du temps, et votre couronne s'embellira tous les ans, comme ces fleurs que le printemps ramène et fait éclore, parce que vous avez consacré ce qu'il y a de plus précieux et de meilleur pour un peuple : la religion et les lettres !

PREMIÈRE PARTIE.

J'ai dit que les grands évènements qui ont agité les peuples ont exercé une influence plus ou moins profonde sur la société, et, par elle, sur la littérature.

Mais des grands évènements qui se sont accomplis dans les siècles passés, celui qui domine tous les autres par son importance, qui a remué plus profondément les peuples, et qui a été par là-même le plus fécond en conséquences : ce sont, sans contredit, les Croisades. Aussi, en portant ses regards sur les annales du passé, on n'a pas besoin d'une grande observation pour reconnaître que les Croisades ont exercé une grande influence sur la littérature provençale et sur la littérature française.

Mais, pour que cette vérité paraisse mieux dans tout son éclat, il est important de jeter un coup-d'œil sur les temps qui ont précédé cette grande époque. Les Croisades ont été le fait dominant de notre histoire; elles ont établi comme une ligne de démarcation entre les temps d'ignorance et l'ère de notre civilisation moderne; et, en comparant les époques qui les ont précédées, on pourra mieux juger de leur influence sur les siècles qui ont suivi.

Envisager les temps qui ont précédé les Croisades ; considérer ensuite les siècles qui leur ont succédé : telle est donc la division générale et le plan de ce discours.

L'empire romain, affaibli par son étendue même, s'était écroulé; et ses ruines encore fécondes, de toutes parts enfantaient des royaumes. Les peuples barbares,

attirés par cette proie facile, s'étaient jetés sur ses débris;
et les Gaules, les Gaules surtout, avaient été l'objet de
leurs convoitises et le théâtre de leurs combats sanglants. Certains de ces peuples avaient passé comme
des torrents dévastateurs; d'autres avaient dressé leurs
tentes vagabondes sur ces belles contrées que leurs
armes avaient conquises, et jetaient ainsi les premiers
fondements d'une société nouvelle. Mais quelle société
pouvait-il encore exister entre des peuples sauvages et
barbares, différents par leurs mœurs, leur langage et
leur nationalité? Le premier état de ces peuples dut
être un état de dissensions et de combats. Aussi l'histoire nous a-t-elle transmis des monuments de ces
luttes acharnées et toujours renaissantes, qui cessaient
pour recommencer, et qui recommençaient pour se
propager encore.

Cependant le ciel veillait sur son œuvre; Rome
payenne avait assez long-temps, du haut du Capitole,
donné des lois au monde : son empire matériel était
passé, mais à ce règne en succédait un autre plus
pacifique et plus durable. Le Christianisme avait
marqué de son signe le drapeau des Césars; et cette
doctrine féconde se répandait insensiblement dans les
diverses contrées où Rome dominait naguère par la
terreur de ses armes. Les Gaules avaient eu aussi leurs
apôtres et leurs martyrs; de puissants exemples avaient

favorisé l'établissement de la religion nouvelle, et le dogme régénérateur et sacré s'établissait peu-à-peu sur ces contrées encore à moitié sauvages.

Ce fut ainsi que le Christianisme devint le lien de ces peuples divers, la civilisation de ces peuples barbares, et confondit dans une unité de culte et de croyances ces nations opposées. Unir des peuplades encore sauvages par les liens d'une harmonie générale, jeter les fondements d'une grande nationalité et constituer ainsi l'établissement d'un peuple dont l'existence a préparé la nôtre, c'était faire beaucoup, sans doute, pour le bien de la société : cependant il restait encore beaucoup à faire pour le bien de la civilisation ; celle-ci devait être le fruit des siècles et d'une longue expérience.

Dans nos temps modernes, quand nous n'avons plus qu'à considérer les faits accomplis, qu'à jouir des lumières que nous a transmises la longue succession des âges qui nous ont précédés, peut-être sommes-nous trop portés à oublier qu'il en est de l'enfance des peuples comme de ces grands corps granitiques que la nature met plusieurs siècles à élaborer; qu'ils ne se développent que graduellement, et que leur virilité ne peut être que le fruit des âges. Gardons-nous toutefois d'accuser le Christianisme d'avoir retardé la marche de l'humanité dans la grande voie de la civilisation ; une pareille accusation serait aussi injuste que calomnieuse : car, de quelle civilisation pouvait être encore susceptible un peuple ignorant et guerrier, qui n'a d'instinct que pour les armes, et dont la vie n'est qu'un combat continuel, soit que ce sentiment fut trop profondément gravé dans le cœur de ces peuples, soit que cette existence toute guerrière fut pour eux une nécessité, ayant à se défendre sans cesse contre les attaques des peuples qui les environnaient. Aussi voyons-nous les lettres peu cultivées pendant les cinq premiers siècles de nos annales. Le berceau de la nationalité française fut, comme le berceau de tous les peuples, entouré d'ombres et de ténèbres ; la guerre fut la principale occupation de nos aïeux, comme elle fut presque toujours la principale occupation des peuples primitifs.

Cependant, tandis que tout était bruit et tumulte au-dehors, la littérature avait trouvé un refuge au fond de ces retraites solitaires qui étaient aussi l'asile de la piété. Ce furent les monastères chrétiens qui conservèrent l'étude des langues anciennes , qui perpétuèrent les traditions de la science, et qui, par leurs veilles studieuses, nous transmirent les riches trésors de l'antiquité ; on sait combien ces précieux matériaux ont puissamment contribué plus tard à former et à embellir notre langue.

Toutes fois ces hommes pieux, qui rendirent par leurs savants travaux de si grands services à la postérité, ne laissèrent pas que d'exercer une grande influence sur les époques contemporaines; ils établirent la morale : et établir le règne de la morale n'est-ce pas préparer celui de la civilisation? Ils répandirent dans toutes les cœurs les doctrines et les espérances de l'Évangile; ils firent prospérer la foi chrétienne, qui, en élevant l'homme au-dessus de lui-même, le rapproche de la Divinité et le rend capable de si grandes choses; bientôt elle va devenir un levier puissant; bientôt elle va devenir le principe et la cause de grands évènements : déjà les temps approchent... Considérez ce travail secret qui agite les peuples, prêtez l'oreille à ces bruits confus, semblables aux sourds frémissements qui précèdent la tempête... Tout est prêt pour les grandes choses qui vont s'accomplir; une foi vive et ardente embrasse tous les cœurs; les peuples s'assemblent en tumulte... C'est le Christianisme qui a préparé les esprits; c'est lui qui va donner naissance à ces grands évènements qui exerceront une si puissante influence sur notre littérature, et, par elle, sur la civilisation.

DEUXIÈME PARTIE.

Le onzième siècle penchait vers son déclin lorsque
une voix éloquente se fit entendre : elle racontait la
désolation des lieux saints ; elle disait l'état d'avilisse-
ment et d'abjection où était tombée cette terre jadis
arrosée par le sang d'un Dieu sauveur, et alors foulée
par le pied des barbares ; elle disait, et l'orgueil des
Musulmans, et l'humiliation des Chrétiens sur ce sol
inondé du sang de Jésus-Christ.

A cette voix, les peuples s'émurent : un cri fut jeté ;
et ce cri, mille fois répété, retentit dans toute l'Europe.
Le Christianisme souleva ses forces gigantesques ;
l'Occident, armé, fondit sur l'Orient ; et l'on vit alors des
phalanges innombrables partir pour ces contrées lointaines. Un même sentiment, un saint enthousiasme,
enflammait tous les cœurs ; aussi, ces armées firent-elles
des prodiges. Constantinople, Ptolémaïs, Alexandrie,
Jérusalem, Jérusalem ! la ville auguste et sainte, tom-
bèrent successivement sous les efforts des croisés ; et
l'Orient, l'antique et belliqueux Orient, fut soumis à la
puissance chrétienne ! On conçoit facilement quelle
influence un évènement aussi important par son objet
et par ses conséquences, dut exercer sur l'esprit de ces

peuples. Ils avaient délivré le tombeau de Jésus-Christ; ils avaient foulé cette terre où le Fils de l'Homme avait imprimé ses pas, et qui avait été travaillée par des miracles; ils avaient été les héros des hauts faits d'armes qui avaient eu lieu sur ces lointains champs de bataille; ils avaient été les témoins et les auteurs d'un de ces grands évènements qui semblent appartenir au roman, à la poésie, à tout ce qui est plus que l'histoire! Et quel est le peuple qui, après avoir accompli de si grandes choses, n'aime pas à en célébrer les merveilles et à en transmettre la mémoire aux siècles à venir? Ajoutons à ces causes que l'esprit de ces peuples dut s'agrandir dans ces pérégrinations lointaines, et que sous le beau ciel de l'Orient leur imagination dut s'inspirer de tant de riches et de brillants images qui s'offraient de toutes parts à leurs yeux. Peut-être aussi empruntèrent-ils aux Orientaux quelque chose de ces fictions féeriques et vraiment enchanteresses qui, comme des roses fraîches et vermeilles, éclosent et s'épanouissent sous le doux climat de l'Asie? Et l'on conçoit que le concours de toutes ces circonstances dut imprimer aux esprits une impulsion non moins grande vers le domaine de l'intelligence, que celle imprimée aux masses vers ces contrées jusqu'alors inconnues.

Aussi voyons-nous que c'est de cette époque que datent les premiers essais littéraires de quelque

importance qui sont parvenus jusqu'à nous. Ce fut
vers le milieu du XIII.ᵐᵉ siècle que ces germes de
l'intelligence commencèrent à se produire, et tous, ou
du moins le plus grand nombre, ont pour objet de
célébrer le grand évènement des Croisades. On dirait
que jusqu'à cette époque les peuples qui habitaient
les diverses contrées de la France, se contentant du
langage qui servait à exprimer leurs besoins et à
entretenir leurs rapports mutuels, ont presque entière-
ment négligé tout ce qui tenait à la culture des lettres
des beaux-arts: mais, dès-lors, une impulsion nouvelle
commence à se manifester; sous l'impression de ces
grandes circonstances, qui durent agir sur tous les
esprits, la littérature prend déjà l'essor et prélude
à ses premiers essais. Les poètes et les romanciers
célèbrent dans leur romans et dans leurs poèmes
les exploits et les hauts faits d'armes des chevaliers
en terre sainte. — Un jour un chantre célèbre, né aussi
sur la terre de l'antique Ausonie, recueillera tous ces
souvenirs et en formera une épopée sublime, qu'accueil-
leront avec admiration les siècles à venir !

O vous qui aimez à reporter vos regards vers le
passé et à remonter aux sources des nobles institutions
que les siècles nous ont transmises, prêtez l'oreille
à ces sons harmonieux qui se font entendre dans le
lointain des âges. Écoutez!.. Ce sont les harpes des

troubadours du moyen-âge qui retentissent dans la nuit des siècles écoulés. Leurs accords, quoique harmonieux, sont encore sauvages sans doute ; mais ce sont là cependant les préludes de cette langue pleine de charme et de noblesse qui doit un jour ravir l'Europe. Ils chantent la guerre sainte et les exploits des héros qui s'y sont illustrés ; et c'est le sujet qui les inspire, qui les a faits poètes ! Sans doute les siècles à venir ajouteront des cordes à leurs lyres, en tireront des accords plus harmonieux ; mais toujours est-il vrai de dire qu'ils auront été les premiers à nous frayer la voie, à surmonter les obstacles, à coordonner une langue encore informe, et à préparer les progrès à venir.

Le nom des troubadours rappelle les premiers poètes qu'ait eus la France : les poètes de la Provence. Cette contrée fut, en effet, la première à marcher dans la carrière des lettres, à s'y faire remarquer par des essais heureux, et contribua certainement plus qu'aucune autre au développement et aux progrès de la littérature française. Sous un ciel pur et sans nuages, au sein d'une nature riante et belle, l'imagination brillante et chaleureuse de ces peuples fut sans doute plus près des inspirations poétiques. D'ailleurs n'étaient-ils pas les descendants des enfants de la douce Ionie, de cette contrée aux chants harmonieux, qui se distinguait, même parmi les colonies grecques, par la douceur et le charme de ces accents?

Mais aujourd'hui ce ne sont plus des peuples sans convictions et sans croyances, adorateurs de ces Dieux du paganisme, dont les lois prescrivaient le culte et que la raison publique désavouait; ce sont, au contraire, des hommes pleins d'une foi ardente et généreuse; un saint enthousiasme les anime. Ils ont visité les lieux saints! Ils ont arrosé de leur sang cette terre qui fut arrosée du sang de Jésus-Christ même! Tout l'Orient proclame leur triomphe! Et sans doute qu'à leur retour leurs mères, leurs épouses et tout ce peuple qui n'avait pu les suivre dans ces contrées lointaines et qui les attendaient sur les rivages de la patrie, ont dû les accueillir avec des transports d'admiration et de joie! Que fallait-il de plus pour exciter tout leur enthousiasme, pour éveiller en eux les plus vifs transports, pour faire vibrer les cordes de leurs lyres, et pour en tirer tout ce qu'elles renfermaient de chants, d'accords et d'harmonie!

Aussi l'époque qui suivit ce grand évènement est-elle déjà pleine de mouvement, d'animation et d'enthousiasme. En considérant les annales de l'histoire, on remarque qu'avant les Croisades la littérature était comme plongée dans un profond sommeil, et qu'après tout s'éveille, tout s'anime, tout vit.

Comme Marseille, Toulouse peut se vanter d'une
noble origine; cette cité toute romaine conserva long-
temps des traces de la civilisation où l'avaient élévée
ses rapports avec les maîtres du monde. Sans doute
cette heureuse impression s'était affaiblie par la succession des temps et par ses communications avec des
peuples barbares : toutefois son langage conservait
toujours quelque chose de la richesse et de l'harmonie
de la langue de Cicéron et de Virgile; ses tours gracieux et pittoresques, son allure franche et dégagée, la
souplesse de son idiôme, tout à la fois concis, piquant
et naïf, se prêtaient mieux qu'aucun autre aux formes
littéraires. Aussi quand il y eut de grands évènements
à célébrer; quand tout un peuple s'émut et voulut
chanter les merveilles qu'il avait opérées; quand la
póésie qui était dans les choses ne manqua plus que
d'expression : alors ce langage, qui peut paraître
aujourd'hui à certains esprits tudesque et suranné,
offrit aux beaux esprits du temps l'élégance de sa
diction, la souplesse de ses formes et la variété de ses
tours ingénieux; la poésie l'arrondit en mètres harmonieux, l'imagination l'orna de brillantes images; et
ce fut alors sans doute que durent se produire ces
écrits pleins de charme et de naïveté qui font encore
de nos jours l'admiration de ceux qui savent les com-
prendre. Aussi voyons-nous que ce fut de Toulouse

que partirent les premiers rayons de cette lumière qui devait un jour éclairer la France. Déjà, dès la fin du XIII.ᵐᵉ siècle, c'est-à-dire à l'époque où l'influence des Croisades devait commencer à se faire sentir, on voit la première société littéraire dont la France s'honore, se fonder, ou du moins se développer et s'agrandir dans l'enceinte de cette ville célèbre. Sans doute qu'alors la littérature, qui partout ailleurs restait encore ignorée ou méconnue, commençait à acquérir quelque importance dans ces provinces, puisque sept troubadours, vraisemblablement les plus distingués de leur époque par leur savoir et leurs lumières, formèrent un établissement fixe, ayant des exercices réguliers et des lieux d'assemblée. Cette société, qui fut peu importante à son origine, dut cependant exercer une grande influence sur la littérature de ces contrées ; elle conserva l'impulsion récente qui avait été communiquée aux lettres par les grands évènements qui venaient de s'accomplir; elle devint le centre de la littérature pour les provinces du midi : là, s'établit une généreuse émulation, une heureuse rivalité; là, les beaux esprits du temps apportaient tous les ans le tribut de leurs productions et de leurs lumières; et Toulouse devint comme le point privilégié où vinrent converger les divers rayons d'intelligence éparts dans ces contrées.

Une pareille institution était précieuse; elle dut faire des progrès rapides. Aussi voyons-nous, au commencement du XIVme siècle, vers l'année 1324, un concours nombreux de poètes rivaliser de zèle et d'ardeur, et accourir à cette solemnité de tous les points du midi. Son importance et sa célébrité s'accrurent, s'étendirent encore pendant les années qui suivirent; et, grâce à cette noble institution, on vit se conserver et se propager en France cet élan généreux qui avait été imprimé vers la littérature par l'évènement le plus important de nos annales. Dès-lors Toulouse acquit une importance qui ne fit que s'accroître d'année en année; elle devint la ville de l'urbanité, des belles-lettres et du bon goût; elle encouragea les talents dans ces brillantes réunions où elle couronnait tous les ans les productions les plus remarquables, et elle contribua plus qu'aucune autre ville de France à produire des œuvres littéraires qui pussent servir de modèle et fixer notre langue encore incertaine et naissante.

Plus tard, une cité puissante formera comme elle des sociétés savantes, composées des hommes les plus distingués; elle lui ravira la palme de la prééminence; elle attirera dans son sein les précieux éléments que la métropole du midi aura préparés d'avance; elle perfectionnera et embellira encore ces essais imparfaits:

et la langue provençale, modifiée et annoblie, servira
de base à la plus belle langue de l'Europe et du monde!
Mais toujours sera-t-il vrai de dire que c'est aux provinces du midi que la langue française est redevable
de son origine et des éléments de sa constitution ; et
Toulouse, nous le disons avec reconnaissance, Toulouse aura la gloire incontestable d'avoir la première
contribué à former la littérature française, et de lui
avoir imprimé l'essor vers la perfection, l'élévation et
l'harmonie où elle est plus tard parvenue.

Rappeler les Croisades, c'est rappeler le fait le plus
important qui ait été inspiré par le Christianisme ;
aussi dans un sujet où les conséquences se rattachaient
si étroitement au principe, avons-nous cru devoir
envisager sommairement les temps qui ont précédé, et
faire voir comment cette institution divine a uni par
des liens communs les divers peuples qui habitaient
la surface des Gaules, a constitué la nationalité française, et a préparé de loin ce grand évènement qui
devait être si fécond en conséquences. Arrivés à cette
époque de nos annales, les tableaux de l'histoire se
produisent sous des couleurs plus vives et plus
animées; on remarque partout plus d'élan et plus
d'enthousiasme; on sent qu'une grande impulsion a
été communiquée aux esprits; et l'on voit les peuples

du midi suivre les premiers cette impulsion généreuse; déjà se répand partout le goût des lettres et de la poésie; on voit se fonder des académies qui encouragent les talents, qui règlent et coordonnent notre langue. On dirait que les Croisades ont dissipé, comme un puissant orage, les nuages qui couvraient la terre et interceptaient les rayons de l'astre lumineux, car bientôt après on voit se lever l'aurore de notre littérature, qui commence à briller et à dissiper le crépuscule douteux qui enveloppait les temps qui avaient précédé. Ces précieux germes se développeront encore ; les générations qui se succèdent entreront dans cette voie ouverte devant eux, et marcheront à grands pas dans cette carrière d'amélioration et de progrès.

Si le temps et l'espace le permettaient, si nous ne craignions pas d'usurper les fonctions de l'histoire et d'outre-passer les bornes d'un discours académique, nous suivrions cette première impulsion dans toutes ses phases et dans tous ses développements : après avoir décrit l'aurore de cette littérature naissante, nous ferions voir ce grand jour qui se lève insensiblement sur notre horizon ; nous montrerions notre littérature parvenue au plus haut degré de perfection et de splendeur, rivalisant avec les plus beaux siècles de l'antiquité, et donnant des principes de convenance et de bon goût au monde civilisé; nous représenterions

15

ce soleil de lumière resplendissant dans tout son éclat, et inondant de ses brillants reflets et la France et l'Europe!.. Puis, reportant nos regards vers le passé et cherchant l'origine de tant de merveilles, à toutes ces grandes conséquences nous assignerions pour première cause et pour premier principe — les Croisades et la littérature provençale.

TABLE DES MATIÈRES.

Livre quatrième.

MONTAUBAN
Imprimerie de FORESTIÉ Oncle et Neveu.

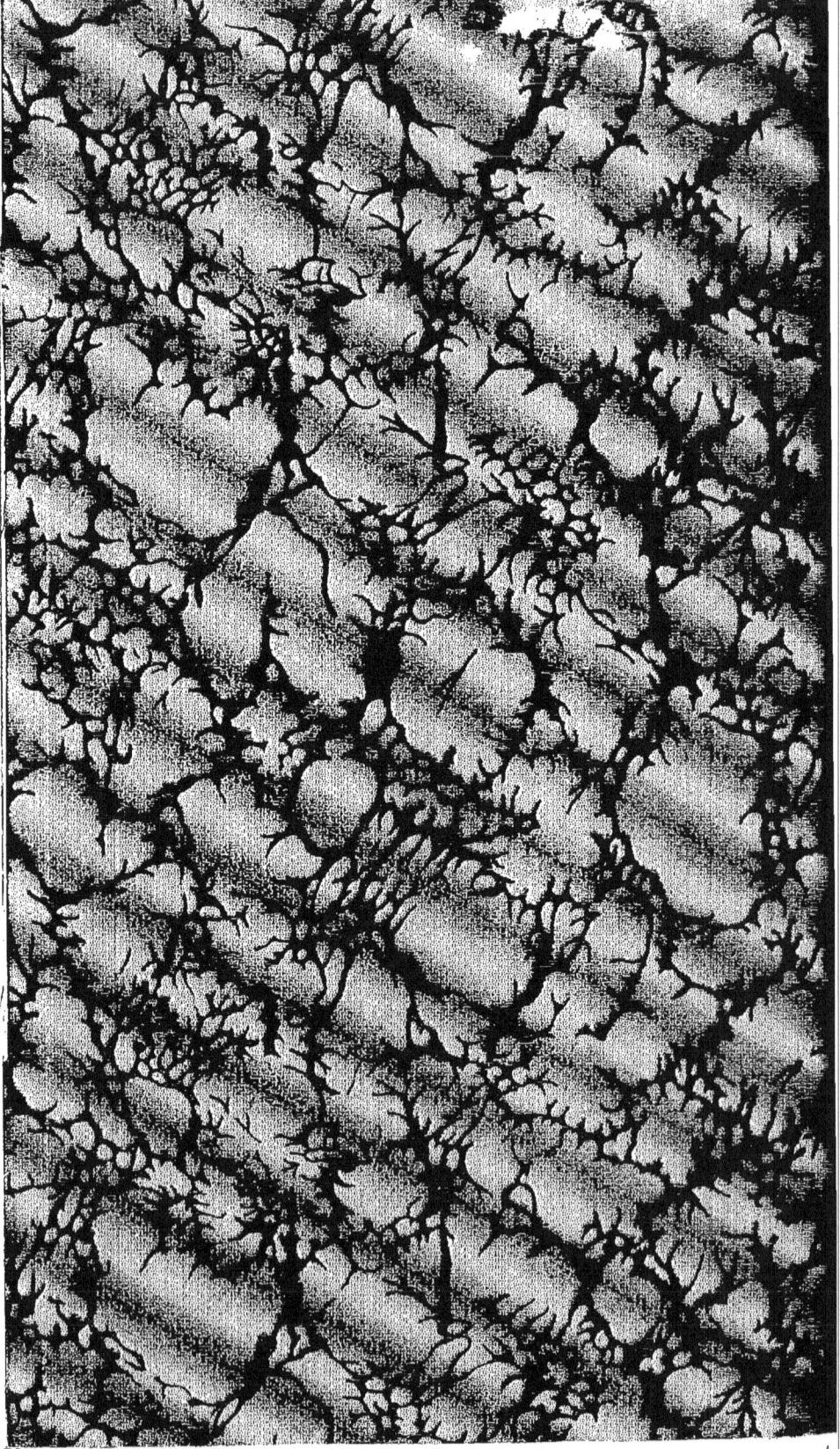

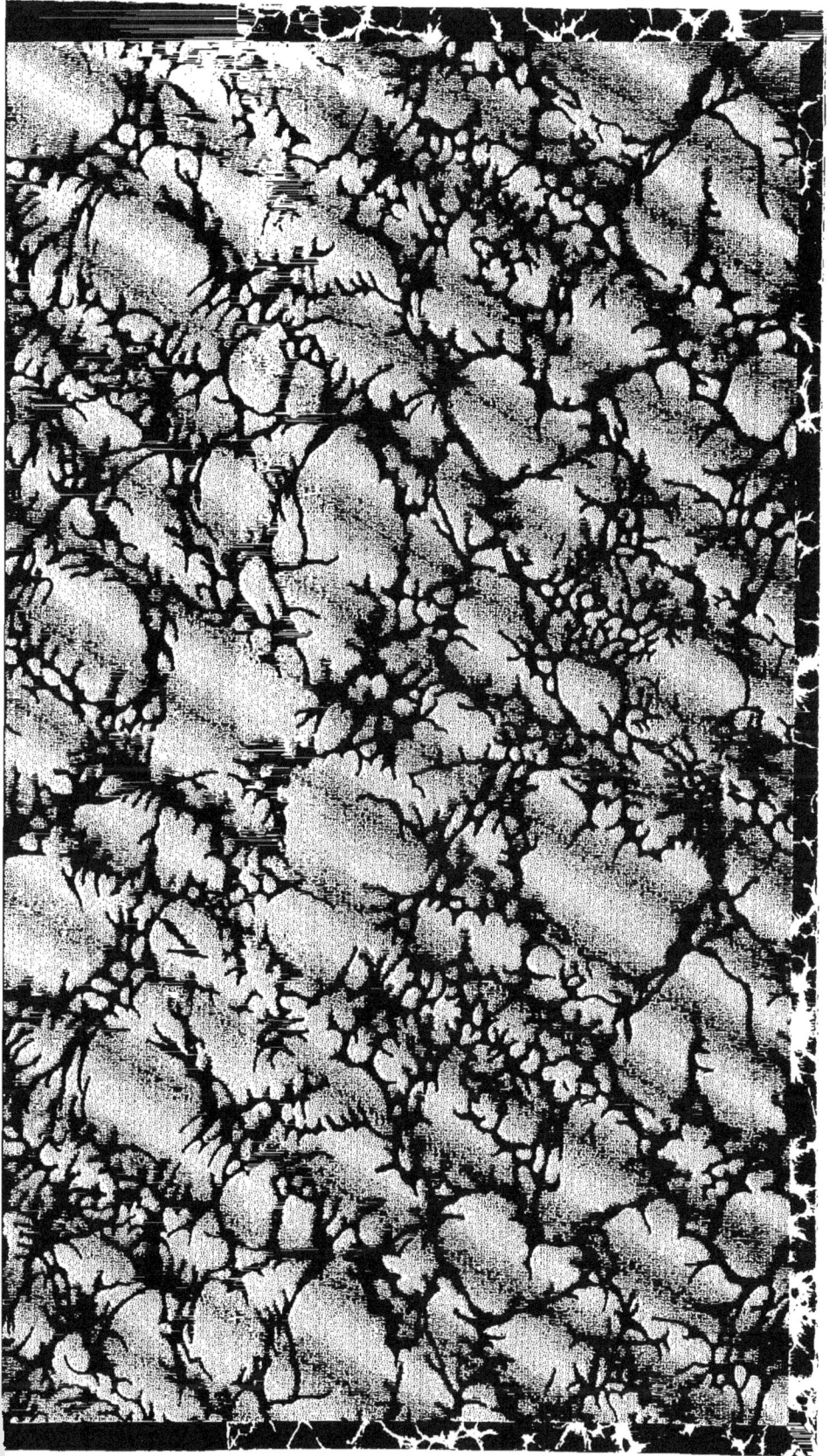

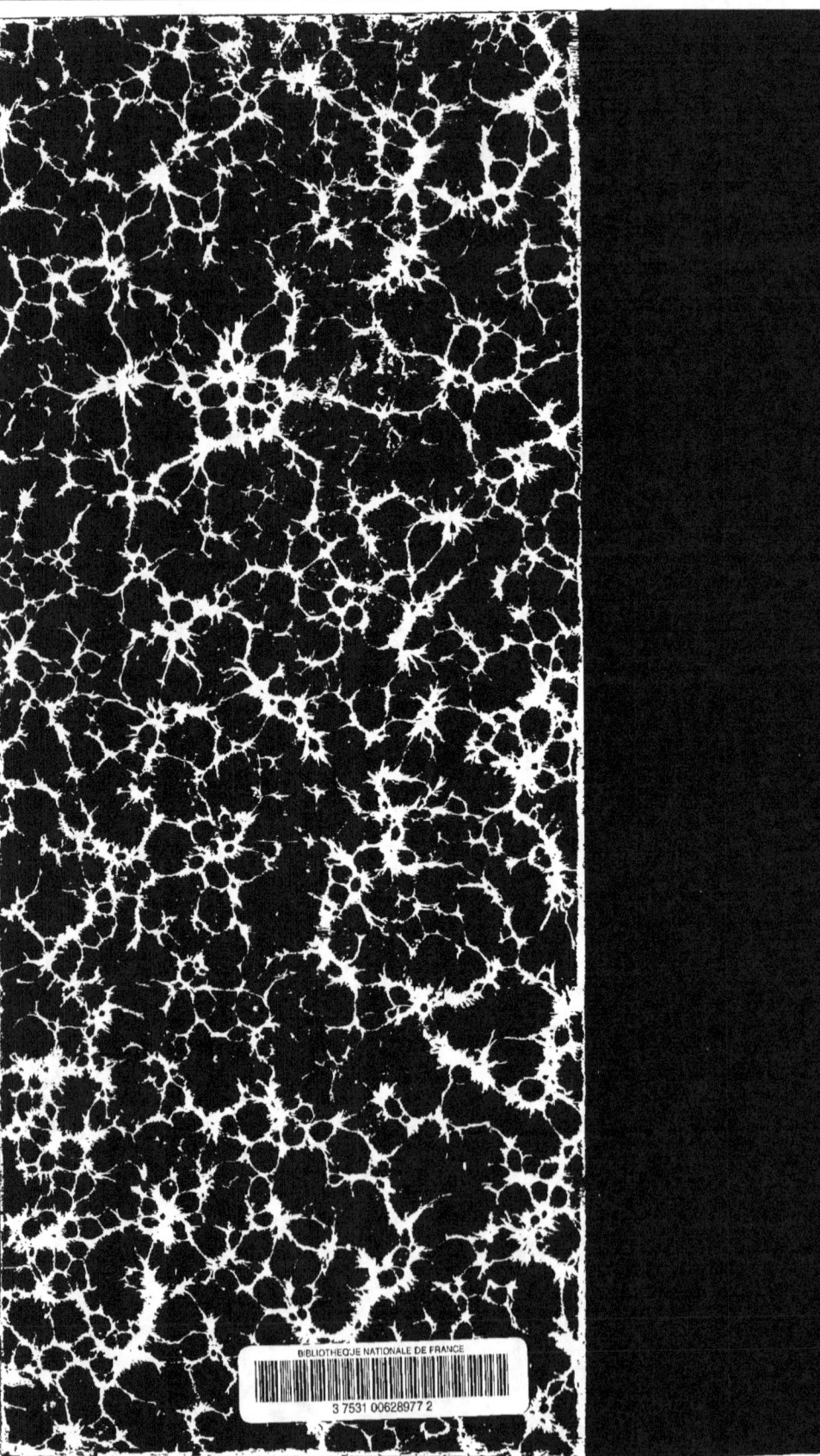